# 我不是完美女生

### 女生日记簿

乐多多 著

朝華出版社

　　家里，小樱桃站在门口玄关处，对
妈妈大喊大叫，她哭了，脸上满是眼泪。
小樱桃妈妈在沙发上怔怔地看着女儿，
电话的听筒落在了地上。

## 序言 接受不完美的自己

　　站在一面穿衣镜前，观察自己的面孔和全身，你可能喜欢某些部位，或者不喜欢某些部位；有些地方可能不怎么耐看，使你感到不安，甚至牢骚满腹。

　　"如果我再瘦点就好了！"

　　"假如我的鼻梁不这么塌，我就会更加招人喜欢。"

　　"也许……"

　　女生们，想一想，生活中，你是不是经常听到类似的抱怨。它们来自你的同学、朋友，或者你自己。

　　告诉你一个小秘密，有些时候，多多姐也忍不住会这么抱怨。但是，这种负面情绪只会在我心里停留很短的时间，可以说转瞬即逝。稍后，我就会看着那些自己喜欢的部位说："我的嘴巴可真够小的，称得上是樱桃小嘴。""我的眼睛足够大，而且还炯炯有神。"

　　各位小朋友，千万不要嘲笑多多姐"臭美"哦，

我这是善于发现自己的优点。为了能够让大家明白我的意图，在这里，我想先和你们一同分享一个小故事：

有这么一条小章鱼，它时常因为自己丑陋的身躯而感到自卑和伤心。所以，它总是把自己的身体掩藏在海底礁石的缝隙里，不肯跟随妈妈一起去远游。

它羡慕螃蟹和扇贝，因为它们有坚硬的盔甲保护自己；它更羡慕鲨鱼和金枪鱼，因为它们有健壮的骨骼和锐利的武器来战胜对手。因而，小章鱼常常独自躲在礁石的缝隙里哭泣。

终于有一天，在妈妈的再三鼓励之下，它才答应跟随妈妈一起去远游。它怯怯地游在妈妈的身边，第一次游这么远，它感觉身边仿佛有好多嘲讽的眼睛在注视着自己。

当它们游到一处浅滩时，一件意外的事情发生了，一张巨大的渔网将它和众多鱼类网在里面。任凭它们怎么挣扎也无济于事，小章鱼听到了妈妈痛苦的呼喊。

随着起网机"隆隆"的声响，小章鱼和其他落网的鱼被抛洒在船甲板上，跌得晕头转向。

当它清醒过来后，发现身边那些徒劳挣扎的鱼儿们都被渔人装进鱼筐，送入了冷冻舱。它趁渔人不注意，悄悄地爬到船舷的水眼处。之后，它的身体竟然奇迹般地从那条窄窄的缝隙钻了过去。当它跃入大海安全回到妈妈身边的时候，它才知道自己是多么出色。

通过这个故事，多多姐是想告诉大家：一个人一生中最容易犯的错误之一，就是看不起自己。其实，只要多一些自信和勇气，就会发掘出自己的无限潜能，进而发现：原来自己是这样的出色！

本书的主人公小樱桃原本是个自信的女孩，但在转学生郝彩儿出现之后，她的自信大打折扣。

郝彩儿长得漂亮，学习好，性格又好，还有在很多城市生活过的经历……她是那么的完美，无可挑剔。背地里，同学们都叫她"完美女神"。男生们疯狂地迷恋郝彩儿。女生呢，有一大部分女生开始嫉妒郝彩儿，嫉妒她的完美。

本来，小樱桃是无所谓的。她想：我在郝彩儿面前并不是优点全无，至少我学习成绩是全年级第一。

然而，在一次语文测试中，小樱桃得了 98 分，是全年级第二名，第一名恰恰是完美的转学生郝彩儿。这让她痛苦不堪，对郝彩儿的嫉妒也由此产生。她渐渐迷失了自己……

最终，小樱桃能否从对郝彩儿的嫉妒中走出来，找回自信，找回自我呢？她又会从中收获哪些可以令

她享用一生的人生道理呢？

答案就在书中！还等什么，赶快来阅读吧！

多多姐最希望的就是，通过阅读此书，你能够用自己的眼光注视镜子里面的自我形象，并试着对自己说："无论我有什么缺陷，我都无条件接受，并尽可能喜欢我自己的模样。"

多多姐

人物档案

**身份**：四（3）班班长。

**特点**：小樱桃最大的特点就是学习特别好。每逢考试，都毫不客气地把年级第一的位置收入囊中。

**经历**：小樱桃本以为自己是不会嫉妒别人的，因为她有引以为傲的成绩。事实真的如此吗？郝彩儿的出现，就让她好好地品尝了一下嫉妒的滋味。

**身份**：乐多多小学的转学生。初来乍到，她就成为了乐多多小学校报小记者协会的一员。

**特点**：要说郝彩儿的特点，那简直是太多了。她长得漂亮，说话声音甜甜的，脾气也好，学习又棒……最最重要的是，她有过在很多城市生活的经历。如果一定要用一个词语概括郝彩儿的特点，那只有"完美"这个词语最合适了。

**经历**：在别人眼里，她像女神一样完美，无可挑剔。其实，只有她自己知道，完美，并不是生活的必需品。

小樱桃妈妈

**职业：**电视台的主持人。工作主要是针对学生及其家长，帮助他们解决亲子之间的矛盾。

**特点：**她经常会收到广大学生的来信，她也会给他们回信，帮助他们解决心理困惑，因此被广大学生称之为"知心阿姨"。另外，她也是一个称职的好妈妈，她尊重女儿的意见，不唠叨……

胡小闹

**身份：**小樱桃的同桌。（想来想去，还是觉得这个身份最适合他。）

**特点：**胡小闹身上这样那样的特点可真不少，恐怕一天一夜都说不完。不过，我可以告诉你，他最大的特点就是自作多情。

花朵

**身份：**乐多多小学四（3）班的一名学生。

**特点：**八卦，爱传播小道消息，因此同学们送给她一个外号——"小喇叭"。如果你想知道什么消息，可以向她打听。对于这投其所好的问题，她乐效犬马之劳。

# 目 录

CONTENTS

# 第一章

# 郝彩儿
## ——转学而来的完美女生

 ## 1 轰动乐多多小学的转学生

"号外，号外，特大号外！"花朵一边大声喊叫着，一边火急火燎地冲进教室。

此时正值课间，同学们都处于自由活动状态，四（3）班教室更是人声鼎沸。但随着花朵这警铃般声音的入侵，霎时间，吵闹的教室安静下来，静得连掉根针的声音都能听见。所有的目光，毫无例外，都汇集在喘息未定的花朵身上。

别看花朵瘦瘦小小，貌似弱不禁风，其实，她可是四（3）班响当当的人物哩。因为其爱八卦，爱传播小道消息，故外号"小喇叭"。这次，究竟是怎样的号外，能够让见多识广的她如此不淡定，激动得手舞足蹈呢？大家眼神里流露出无限的好奇。

"知道吗？学校新转来了一位女生，漂亮得如同仙女下凡。"也许是由于奔跑的缘故，花朵的声音听起来有些气喘吁吁的。

切！底下嘘声一片。纵使漂亮得如同仙女下凡，又有什么值得大惊小怪的呢？少见多怪！简直有辱"小喇叭"这个称呼。

大家流露出的失望，深深刺痛了花朵的八卦神经。竟然对我发布的消息不感兴趣！这种情况对立志成为"八卦女皇"的她来说，是绝对不允许出现的。不！绝不能有！花朵拿出锲而不舍的劲头，"蹬蹬"走到窗户旁边，底气十足地说："她是自己一个人来报名的，此刻，正和校长在教学楼下攀谈呢。你们看——"

可不，教学楼下，一个女生正和校长攀谈呢。由于距离太远，看不清那个女生的面容。在他们周围聚集了一大群围观者，形成一个庞大的包围圈。围观的同学饶有兴趣地伸长脖子，似乎他们看到的是神奇的魔术表演，或者精彩的马戏。

发生了什么？为什么会有这么多同学聚集在此？由此经过的同学，在好奇心的驱使下，也加入到围观大军中。学校向来就是这样，只要哪里聚集了一群人，就会有更多的人围拢过来看个究竟。

能够吸引这么多围观者，轰动整个乐多多小学，此女生非同一般，绝不仅仅是长得漂亮。不会这么简单的，小樱桃心想。

在乐多多小学，漂亮的女孩多得是，可是，从没有哪个女孩造成过这种大规模的围观现象。当然了，参加某项比赛的时候除外。所以，小樱桃完全有理由怀疑这个还不相识的女生非同一般。

"我去也！"随着这句抑制不住内心狂喜的通告，一个男生"嗖"地穿出教室，消失得无影无踪。其动作之迅速令人咋舌。紧接着，"嗖""嗖"不断有身影穿出教室。

等小樱桃意识到这一问题时，教室只剩下"红色娘子军"了。但不是所有的女生都留下来了，有些也像男生那样"嗖"地穿出教室，比如花朵。酷爱八卦的她肯定会深入现场，获取第一手资料的。

"我们也去看看吧！"好朋友思悦走过来，对小樱桃说。

思悦是公认的美女——睫毛弯弯，眼睛眨眨。此刻，那水汪汪的大眼睛正注视着小樱桃呢，眼神中流露出恳求之意，恳求小樱桃和她一起去看看那个转学生。奇怪！平日思悦并不爱凑这种热闹呀，怎么今天也……

小樱桃满脸狐疑地打量着思悦。她注意到思悦嘴角微微向左扬起，似乎很不屑，又像是在挑衅。对！是挑衅！

哦，小樱桃突然明白了，思悦肯定是想暗暗和那

个转学生比试一番，谁更漂亮一些。

"好吧！"小樱桃痛快地答应了。成人之美，为什么不呢？其实，小樱桃本人的态度是无所谓，因为她不属于美女的范畴。（承认这个事实有些残酷，但事实就是事实。）不过，她学习成绩一流呀！每逢考试，稳坐年级第一的交椅。再说了，能够让整个乐多多小学为之轰动的转学生，认识一下也没有什么坏处。

于是，小樱桃和思悦也"嗖"地穿出了教室。

竟有这等不凑巧的事情？当小樱桃和思悦到达教学楼下的时候，围观的同学恰好解散，心满意足地离开现场。那个漂亮的转学生只留下一个背影，天蓝色的牛仔裤，白色上衣，高挑、纤细。

"为什么？为什么？"思悦嘟着嘴，狠狠地跺了一下脚。

小樱桃没理会思悦，只是出神地望着那个背影。也许是被神化了的缘故吧，她觉得就连背影也那么有韵味。优雅？漂亮？就连小樱桃自己也说不出那是怎样一种感觉。这样一个与众不同的背影，拥有怎样一张面庞才算恰如其分呢？

直到那个背影完全消失在视线内，小樱桃才意识到自己的忘乎所以。

咦？那不是胡小闹吗？他还着魔似的望着转学生

消失的方向呢。更为可笑的是，他手里抱着一只运动鞋。哦，原来那是他自己的一只鞋。瞧！因为右脚没穿鞋的缘故，他抬着右腿，金鸡独立地站着。

这又是为什么？

小樱桃走上前去，询问道："胡小闹，你怎么……"

"与你何干。"胡小闹粗暴地打断小樱桃，穿上鞋，头也不回地走了，留下一脸茫然的小樱桃。

岂有此理！出于好意关心你一下也有错吗？竟然摆起了脸色，以为自己是香饽饽呢！小樱桃恨得咬牙切齿。

"想知道为什么吗？"花朵不知从哪儿冒出来，她把下巴靠在小樱桃的肩膀上，神秘地眨了一下眼睛。

"什么为什么？"小樱桃有些疑惑。

"胡小闹为什么生气呀！"

这是有原因的呀！因为惊讶，小樱桃的瞳孔放大了一倍。那会是怎样的原因呢？小樱桃侧耳倾听，不放过花朵的每一句话，每一个字。

原来胡小闹匆匆忙忙跑到教学楼下，围观的同学已是人山人海，形成一个庞大的包围圈。他努力踮起脚尖，看到的却是前面同学的后脑勺。他在包围圈外兜转了一圈，企图寻找个人群稀疏的地方，也还是失败了。无论哪都密密麻麻的，连根针都插不进去，更

何况胡小闹这个人呢？

怎么办呢？

看着同样徘徊在包围圈最外面的同班同学，胡小闹豪气冲天地说："你们只管跟着我，保证能进到最里面。"

胡小闹有何妙招呢？虽然将信将疑，但大家还是把希望寄托在他身上了。只见他脱下右脚上的运动鞋，举过头顶，扔进包围圈。嗯？这是……

"借过，借过，我的鞋不小心掉到里面了。"胡小闹用两只手把人群向左右两边分开。大家见他的右脚上没有鞋子，还真的自动让出一条路呢。胡小闹靠着左脚力量，一蹦一跳地跳进了包围圈的最里面。

本来胡小闹打算借找鞋的机会，穿过层层人群，近距离观察那位转校生的。然而，鞋呢？他左找右找，不见那只鞋子的踪影。

啊？胡小闹愣住了，那只鞋不偏不倚恰好摆放在校长大人和转学生面前。这只鞋子也真是的，怎么挑了这样一个落脚点？让胡小闹怎么办是好？捡，不捡？

胡小闹缓慢地抬起头，发现校长正怒气冲冲地瞪着自己呢。再看看其他同学，眼神中也大有指责他"胆大妄为"之意。

哗！胡小闹脸红了，像熟透了的番茄。他无地自容，恨不得找个地缝钻进去。哪有容得下他的地缝

呀？他只能在大家的注视下，尤其是在校长大人和转学生的注视下，金鸡独立地站着。

"给!"就在胡小闹低头忏悔时，鞋子突然出现在他的面前。是那位转学生！她正笑眯眯地看着胡小闹呢。

胡小闹激动得不知说什么好，甚至忘记了从转学生手里接过鞋子。

转学生的目光落在了胡小闹胸前的校牌上。然后，她自我介绍说："我叫郝彩儿，也是四年级。"

胡小闹往校牌的方向瞥了几眼，那儿赫然写着"胡小闹，四（3）班学生"。他"嘿嘿"对着转学生傻笑。

校长走过来了，邀请转学生到办公室细谈一些情况。

"哈哈"，听完花朵的讲述，小樱桃的怒气消失殆尽，甚至有些怜悯胡小闹。在众人瞩目下寻找鞋子，而那只鞋子恰好在校长大人面前，其难堪的心情可想而知。活该！谁让他想出这么损的点子呢！

"那个转学生可真不错!"小樱桃自言自语地感叹道。她竟然会帮胡小闹捡起鞋子，还送到他面前？如果是我，小樱桃心想，我才不会哩。那只鞋子肯定臭烘烘的，谁愿意碰一下呢？我会……

小樱桃也不确定自己会怎么做，因为她还从未遇到过这种情况呢。"她人可真好!"小樱桃忍不住又感叹了一次。

虽然尚未见面，但小樱桃对转学生的印象好极了。

　　知道吗？听完胡小·闹与他的那只鞋子的故事，我和思悦笑得都要喘不上气儿来了。把鞋子扔进人群中，借找鞋子的契机，近距离观察转学生，亏他想得出这么"天才"的方法。

　　然而，那只鞋子不偏不倚恰好掉在校长大人面前，看来，它和它主人一个德行——爱耍些小·聪明。难道胡小·闹不知道"聪明反被聪明误"吗？这警告我们，最好收敛些自己的小·聪明。

　　回到教室后，我看到胡小·闹气呼呼地坐在座位上，他是气自己呢？还是气鞋子呢？于是，我装作什么都不知道，试探性地问："胡小·闹，你觉得那个转学生怎么样呀？"

　　胡小·闹"嚯"地站起来，大声回答我："她非常非常好！至少要比你好一百倍！不！一万倍！"

　　哼！竟然如此贬低我！气死我也！要知道，本小姐可不是吃素的，我今天就要让胡小闹深深认识到这一点儿。"既然她那么好，你和她同桌去呀，为什么还和差一万倍的小樱桃同桌呢？"我冷嘲热讽道。

胡小闹像突然意识到什么似的，自言自语地说："这也并不是全无可能呀！我四年级，她也四年级，我和她还是有可能成为同桌的，至少我们可能成为同班同学。"他毫无征兆地把头转向我，嬉皮笑脸地说："谢谢你的提醒。"

谢我？我怎么却感觉冷风习习呢！

## ⭐ 2 竹篮打水一场空

"郝彩儿转到我们学校上四年级，我们恰好就是四年级呀，为什么我们不能敞开胸怀欢迎她加入四（3）班呢？……"

胡小闹站在讲台上，激情澎湃地阐述着自己的观点。

敞开胸怀欢迎郝彩儿？小樱桃哑然失笑，难道有谁排挤过她吗？没有，这只不过是胡小闹包装自己的一个说辞罢了，以便显示自己有多高尚。其实才不是呢，是他想和郝彩儿成为同班同学。小樱桃甚至怀疑，如果可能的话，他也许会请求校长大人把郝彩儿分到四（3）班。

郝彩儿真的如同仙女那般漂亮？因为只看到了背影，小樱桃不能妄下结论。但可以肯定的是，她是一个很有魅力的女生。不然的话，胡小闹的提议怎么会获得这么多同学的赞同呢？不仅仅是男生，就连女生也说："郝彩儿应该加入我们四（3）班。"看来，有魅力远比漂亮要重要得多。

有心急者甚至提议，要班主任主动向校长申请让

我不是完美女生

郝彩儿加入四（3）班，而不是干巴巴地等待校长的分配。

这是不是过分了点呢？虽然对郝彩儿的印象好极了，但小樱桃还是忍不住这样怀疑。

大家才不管过分不过分呢，说干就干，真的动手给班主任写起了《请命书》。

敬爱的班主任老师：

您呕心沥血，日夜操劳，旨在提高我们四（3）班每一位学生的水平。您的这种"奉献自己，照亮他人"的无私精神，我们每一位同学都看在眼里，记在心上。在此，我们深深地对您说一声：谢谢。

言归正传，如何才能如您所愿，让四（3）班每位同学都更上一层楼呢？答案是注入新鲜的血液！我们不得不郑重其事地提醒您一句：四（3）班太需要注入新鲜的血液了，需要他带动课堂气氛，需要他融洽同学间的关系，需要……眼下就有一位合适人选——郝彩儿。

老师，您经常教导我们要"把握时机，积极争取"。您也同样如此，要主动向校长申请，让郝彩儿加入我们四（3）班。否则，别班的班主任会捷足先登的。

四（3）班全体同学

《请命书》写好了，要赶紧送给班主任才行。虽然小樱桃觉得这种行为疯狂得过分，但作为班长，她还是决定牺牲自我，亲自把《请命书》交给班主任，也算是"为民请命"吧！于是，她拿起写好的《请命书》，准备去找班主任。

"等等！"胡小闹突然跳出来，站在小樱桃面前，伸开双臂挡住她的去路。

这是所为何故？难道胡小闹临时改变主意，决定不再敞开胸怀欢迎郝彩儿加入四（3）班了？小樱桃很是疑惑，怔怔地看着胡小闹的眼睛，似乎要从那儿得到答案。

胡小闹的目光像探照灯一样在小樱桃身上扫来扫去，最后，定格在小樱桃的脸上。目光是那样咄咄逼人，似乎小樱桃是个罪不可赦的犯人，而他胡小闹，则是审问"犯人"的警察。

小樱桃不高兴了。胡小闹什么意思？难道怀疑她有什么不轨企图？内心的愤怒被点燃了，并且在迅速扩张，大有"星星之火可以燎原"的趋势。

"唰"，胡小闹从小樱桃手里夺过那封《请命书》，双手紧贴胸脯护着，唯恐再被小樱桃抢去似的。"还是我交给班主任比较保险。"丢下这样一句话，他像离弦的箭一样冲出教室。其他几位男生紧随其后也跑出了教室。

这一切发生得太突然了，小樱桃始料不及，她愣住了，足足10秒之后，才反应过来。"有没有搞错？

我不是完美女生

我要‘为民请命’，换来的不是信任，却是怀疑！”小樱桃非常非常生气，气得头昏脑涨的。她生胡小闹的气，这一点儿是毋庸置疑的。此外，她还有那么一点点生转学生郝彩儿的气。如果不是她，小樱桃怎么会被怀疑“图谋不轨”呢？都是因为她！就是她！

怎么可以这样呢？我怎么可以生郝彩儿的气呢？小樱桃使劲摇摇头，似乎要把对郝彩儿的怨气甩出去。不！她不可以生郝彩儿的气，她和郝彩儿素未相识，连一句话都没说过呀！“胡小闹，太可恶了，真该死！”小樱桃对胡小闹的怨气又增加了几分。

小樱桃怒气未消，胡小闹等几名男生就回来了。

情况怎么样？班主任看到《请命书》反应如何？……班上的同学立即投去关切的目光。

瞧，他们一个个低着头，拉着脸，一副讨账未遂的样子，即使不用任何语言的辅助，大家都能从他们的面部表情获得答案。真是带着希望而去，拖着失望而回！

原来班主任并不在办公室，“他有要事出去了。”一位老师这么说。几个家伙不死心，找遍了男厕所、操场、教导处等班主任有可能出现的地方，均不见其身影。他真的是出去了，出学校了。

高昂的氛围被冻结了，大家心里充满了说不出的失落，就像燃烧正旺的火焰突然遭受了冷水的袭击，

火苗停止了跳跃，发出"哐哐"的呼喊声。

看来，指望班主任主动出击，向校长申请让郝彩儿加入四（3）班是不可能的了，只能够听天由命了。不过，据那些家伙说，在找班主任的过程中，四（2）班的班主任进了校长室。

什么？火焰彻底停止了跳跃，大家的心情由失落转为失望。郝彩儿加入四（3）班的希望更加渺茫了，接近于零。

大约进行到半节课的时候，突然传来了一阵敲门声。犹如回光返照，死气沉沉的教室一下有了生机。"请进。"讲台上的老师停止讲课，发出盛情邀请。一时间，所有的目光都集中在那扇门上，似乎等待着奇迹发生。

半晌，那扇门依然紧闭，像足了一个懒汉。这是怎么回事？老师迈着流星大步走过去，打开门左看右看。同学们也伸长脖子一探究竟。

啊？所有的人都惊呆了，因为他们看到郝彩儿跟在四（2）班的班主任后面走进了四（2）班，刚才的敲门声是从那里传出来的。

顿时，所有的同学都像泄了气的皮球，软弱无力地坐在座位上，毫无生机可言。"唉！""唉！"叹息声此起彼伏，充满了整间教室。与其他同学不同的是，在失望的同时，小樱桃的内心却燃起了一丝兴奋的火苗。千万不要误会，这与郝彩儿无关。哼！某些人亲自出马的结果也不过如此嘛！

几分钟之后，隔壁教室传来雷鸣般的掌声。这意味着郝彩儿成为四（2）班一员已是板上钉钉的事实了。

郝彩儿已经加入了四（2）班，刚才四（3）班同学所做的努力都付诸东流了，白激动了，白兴奋了，白写了一封《请命书》……

《请命书》？

毫无征兆地，胡小闹从裤兜里掏出那封《请命书》，咬牙切齿地把它撕得粉碎，以泄内心的愤怒。

小樱桃更加得意了——胡小闹越是气愤，她就越是得意，她神气地瞟了胡小闹一眼，啧啧嘴，轻声感叹道："啊，这个世界真美好！"

**小樱桃日记**

才短短不过两天的时间，郝彩儿竟然成了乐多多小学的传奇人物，成为大家口中最热门的谈论对象。这在乐多多小学的校史上，是绝无仅有的。

今天，我终于有幸能够近距离一睹芳容。其实，在郝彩儿进入四（2）班的时候，我就知道一定会有这样的机会的。

课间，我和思悦手拉手返回教室的途中，恰好遇到郝彩儿迎面走来。是思悦最先发现的，她捣捣我的胳膊，轻声说："郝彩儿。"

顺着思悦的目光，我看到了一个个子高挑的女生，长睫毛，大眼睛，高鼻梁，小嘴巴，活脱脱的一个芭比娃娃。不，她可没芭比娃娃那般冷峻、孤傲，微微上扬的嘴角就是最好的证明，露出浅浅的酒窝，似有若无。

也许由于逆光的缘故吧，太阳的光辉在她周身形成了一个大大的金色光环。可是，我更愿意相信那是她由内而外散发的。

如果，我是说如果，郝彩儿突然生出一对洁白的翅膀，像天使那么飞上天，我想，我也不会惊奇的。我甚至觉得这随时都有可能发生。

当郝彩儿从我身边经过时，不知为什么，我低下了头，不敢看她。思悦则用手捂住张大的嘴巴，连声赞叹，"好漂亮！"

是呀！郝彩儿确实挺漂亮的。但是，我始终认为，能够让整个乐多多小学为之轰动，绝不仅仅只是因为她漂亮。而且与漂亮相比，我更喜欢她脸上的微笑和似有若无的小酒窝。

# 3 关于郝彩儿的种种传闻

"郝彩儿"这个名字在乐多多小学一经问世，就被传播开来。这几天，无论男生，还是女生，张口闭口谈论的都是那个名叫郝彩儿的转学生。这俨然成了乐多多小学学生口中最时尚的话题，其疯狂传播程度绝不亚于时下热门游戏《植物大战僵尸》。

也许正是因为讨论得多了，慕名前来认识郝彩儿的同学自然也就多了。几乎每个课间，四（2）班教室门口都会聚集一群人，有男生，也有女生；有高年级的，也有低年级的。

凭借近水楼台先得月的地理优势，四（3）班的一些同学一下课就抢尽先机围在四（2）班门口，只为和郝彩儿说上几句话。小樱桃从来没有这样做过。实不相瞒，她对此多少有些不屑，认为那很不礼貌。再说了，每逢大考小考，小樱桃都能毫不客气地把年级第一名收入囊中，也算是乐多多小学响当当的一位人物了，那样做会有失身份的。

几天下来，有关郝彩儿的传闻铺天盖地席卷而来。

有人说："郝彩儿是以前学校的校花。"

有人说："郝彩儿学习很棒。"

有人说："郝彩儿脾气特别好，总是笑眯眯的，就像是一个爱笑的天使。"

有人说："郝彩儿在很多城市都居住过，生活过，所以，她知道的很多。"

在校园这个人多嘴多的地方，最盛行不衰的就是传闻了。但，并不是所有的传闻都是正确的，很多都是无中生有，同学们空想出来的。关于郝彩儿的这些传闻，哪些是真，哪些是无中生有呢？

小樱桃可以确定有两点是正确的：

郝彩儿是以前学校的校花。

郝彩儿长得漂亮这是有目共睹的，但是不是校花就不得而知了。可是，又有什么关系呢？"校花"只是一个头衔罢了。

郝彩儿脾气很好。

郝彩儿的好脾气从进乐多多小学的第一天就表现出来了。如果脾气不好的话，她会捡起胡小闹的鞋子，并送到他面前吗？

剩下的两条传闻，就难辨真伪了。不过，这没关系，不是还有"小喇叭"花朵吗？是她发挥作用的时候了。不仅是小樱桃，所有四（3）班的同学，都寄希望于花朵——希望她能够弄清这两条传闻的真伪。

对于这个投其所好的任务，花朵欣然接受，乐效犬马之劳。

很快，花朵就得到了确切消息。"这四条传闻都得到了郝彩儿的亲口证实，都是真的。"她站在讲台上，信誓旦旦地说。

啊？怎么可能呢？底下的同学发出一连串的质疑。

"为什么不可能呢？它们彼此之间并不矛盾呀！"花朵轻易驳倒了大家的质疑。

是呀！四条传闻之间没有一丁点儿冲突，它们完全可以以并列关系存在呀！也就是说，郝彩儿是一个学习好、脾气好的校花，而且还有过在很多城市生活的经历。

怎么起初没想到呢？小樱桃觉得心里酸酸的。她吞咽了一下口水，似乎要掩埋那种感觉。这些传闻每一个都那么的令人艳羡，如果集中在一个人身上，那她……有个词怎么说来着？对！完美！尤其是在很多城市生活过，对于其他学生来说，这是绝无仅有，并且梦寐以求的。

"完美。"小樱桃默默重复着这个词。郝彩儿确实很完美，简直到了无可挑剔的程度。

"郝彩儿小小年纪，怎么可能在很多城市都生活过呢？"有同学大声提问说。即便传闻是真的，这也

总需要个理由吧！

"这是由她父母的工作性质决定的。他们的工作经常变迁，所以，郝彩儿跟着他们在很多城市都生活过，也转过很多次学。据说，她在每一所学校都不会呆很长时间。"花朵很肯定地说，就像亲眼见证过似的。

"哦——"同学们拉长声的回答中透露出对郝彩儿的羡慕，怎么自己的父母工作就不经常变迁呢？

小樱桃也有问题要问，那就是——郝彩儿学习很棒，棒到什么程度呢？"如果我提出这样的问题，同学们会不会认为我是在嫉妒郝彩儿呢？"出于这样的顾虑，小樱桃迟迟没有开口询问。可是，她真的很想知道答案呀！

就在犹豫要不要提问之际，有人提问了同样的问题。是黄蓉，小樱桃感激地看了她一眼。

只是可惜，这个问题就连花朵也不知道答案。她摇摇头，一脸遗憾地说："这我也不是很清楚，只能考试时见分晓了。"

对于花朵的回答，小樱桃多少有些不甘心。郝彩儿学习棒到什么程度？会不会威胁到她年级第一的位置呢？不过不甘心又有什么办法呢？考试时见分晓，也只能这样了。

小·樱桃日记

　　长得漂亮，学习又好，脾气也好，在多个城市生活过，算是阅历丰富，这些条件组成了完美的郝彩儿。她真的是太完美了！不像是女生，像女神！

　　迷恋郝彩儿的人更多了，尤其是男生，他们简直把郝彩儿当成了偶像，差点儿手捧笔记本请她签名。

　　对于男生的这种行为，我不应该说三道四，更无权干预。但如果侵害了我的权益，我就不得不抱怨几句了。

　　"小·樱桃，你是不是女生？说话为什么不能像郝彩儿那样温柔点呢？"现在，只要我说话声音大那么一点点，同桌胡小·闹就讽刺我。他就是郝彩儿的疯狂迷恋者之一。

　　胡小·闹竟然说我不像女生！气死我了！气死我了！不过，在我被气死之前，我要调动所有的脑细胞完成一件事情——那就是让胡小·闹为这句话付出代价。

"胡小·闹，我发现你很有做妈妈的潜质哦，因为所有的妈妈都爱拿孩子比来比去的。要我说，你现在就可以升级做妈妈了，胡妈妈！"

胡小·闹向来以铁血男儿自诩，被唤做"妈妈"当然不高兴了。

被胡小·闹"伤害"的女生可不止我一个，"××，你笑的时候门牙都出来了，学学郝彩儿吧。""××，你可以像郝彩儿那样看人，而不是瞪人吗？"……她们也学我称呼胡小·闹为"胡妈妈"。胡小·闹鼻子都被气歪了。

在这场口水战中，我占尽了上风，但我却不像往常那样高兴，准确地说，有一点点难过。我隐隐约约地感觉到那是因为郝彩儿——因为她的完美，让我有点自惭形秽。

是呀！在这么完美的郝彩儿的衬托下，其他人不完美的地方暴露了，想藏都藏不住。

我学习成绩虽然好，但不是那么漂亮——这是事实，我得承认，就像承认我学习好一样。

思悦长得漂亮，说话也甜甜的，但学习差了点。

黄蓉学习好，但性格大大咧咧，像个男孩子。

……

上帝公平吗？如果公平，为什么独独让郝彩儿这么完美呢？为什么对待郝彩儿，却忘记了遵守这一原则呢？

# 小樱桃的失落

## ⭐ 1 考试风波

　　郝彩儿太完美了，简直到了无可挑剔的程度。是呀！人家长得漂亮，学习又棒，性格也好……有什么可以挑剔的呢？

　　如果，当然只是假设，郝彩儿性格不这么好，而是飞扬跋扈的，那她也就不完美无瑕了；如果单单只是长得漂亮，学习成绩不好，也不会那么招人喜欢……可惜，方方面面，她都是没有一点儿瑕疵。

　　完美，尤其是对一个女生来说，是一件好事，但也可能演变成一件坏事——因为她的完美，衬托了周围人的不完美。

　　郝彩儿的存在似乎就验证了这一点儿。周围的女生纷纷看到了自己不完美的地方，就拿四（3）班女生来说吧，经常听到她们诸如此类的抱怨，"为什么

我没有在多个城市生活过的经历呢?""如果我能漂亮些该多好呀!"……与此同时,她们对郝彩儿的态度也在发生着变化,由原来的喜欢变成羡慕,甚至于嫉妒——这可是心灵的毒瘤呀!

另外,郝彩儿无论走到哪儿,都会有同学热情地和她打招呼。这难免让人眼红,有些女生也果然不负众望地眼红了。其实,仔细想想,这也是可以被理解的。四年级的女生差不多 10 岁了,算是大女生,谁希望自己默默无闻,而不是备受关注呢?当她们做不到这一点时,就会嫉妒在这方面做得好的同学。

不知从哪一天开始,四(3)班又有了郝彩儿的传闻。与之前相比,这次的传闻很不友善。"郝彩儿特别臭美。""别看郝彩儿表面挺和善的,其实内心非常骄傲。"……

这些传闻最先从谁口中传出来的?没人清楚。其实,他们也从没考虑过要弄清楚这个问题。反正,传闻一经传出,四(3)班的女生立即划分为态度鲜明的两个阵营:一个阵营是相信传闻,极力诋毁郝彩儿;另一个则是不信传闻,极力称赞郝彩儿。因为传闻的真假,两个阵营的同学还发生过争执呢。

"看吧,郝彩儿也有这样那样的不足,说她像女神一样完美,显然是不对的。所以,她根本不配受到那么多同学的喜爱。"

"这些传闻都是假的，是居心叵测的人故意编出来诋毁郝彩儿的。"

"绝对是真的。郝彩儿书包里有一个小镜子，她经常拿出来照，就连走路都在照镜子。"

"是的，我亲眼看见她一边照镜子，一边走路。"

……

四（3）班的女生中，愿意相信传闻是假的寥寥无几，最多不过5人。所以，她们的声音很快就被埋没了。

班长小樱桃属于哪个阵营呢？实不相瞒，她同属两个阵营，但又哪一个都不属于。为什么这么说呢？因为郝彩儿方方面面都那么好，这一点儿小樱桃确实不能相比。但她清楚地知道，在郝彩儿面前，她并不是优势全无——至少她成绩能够保持全年级第一名，这就足够了。所以，对于郝彩儿，小樱桃只是羡慕，并不嫉妒。

然而，接下来发生的一件事情，彻底改变了小樱桃对郝彩儿的态度。

那是一次语文小测试。这次测试的内容并不难，但其中有一道填空题，"请写出酒泉卫星发射基地所在省份"。这涉及到地理知识，老师在课堂上也没提到过，小樱桃确实不知道答案。所以，小樱桃只得了98分。在四（3）班，这是最高的分数了，但并不是

年级最高分——郝彩儿，100分。

得知这一消息后，小樱桃犹如遭受了晴天霹雳，软弱无力地趴在课桌上，提不起一点儿精神。如果一个人唯一的一点儿优势被比下去之后，那他真就是一无所长了。至少小樱桃觉得自己在郝彩儿面前是一无所长。她的心情糟糕透了，想大声哭出来，但努力克制住没让眼泪流下来。毕竟那样不太好。

郝彩儿是年级第一名，而不是她小樱桃，这成了小樱桃心头挥之不去的痛，直到放学，她还闷闷不乐的呢。她拖着步子，走出教室，走出学校，走在回家的路上，如同行尸走肉一般。

"……酒泉卫星发射基地在甘肃。我曾经在那儿生活过一年，还到过里面参观呢。据讲解员说，酒泉卫星发射基地是中国创建最早、规模最大的综合导弹、卫星发射中心，也是中国目前唯一的载人航天发射场……"

即使不回头，小樱桃也知道这番话出自谁口，郝彩儿！肯定是她，错不了的。原来她知道酒泉卫星发射基地所在省份是有原因的，因为在那儿生活过。不然的话，她可能也不知道，也就不会在这次考试中得满分了……

"得瑟。"不知为什么，小樱桃心头涌起一股恨意。她铆足劲，猛地加快了脚步，她要摆脱郝彩儿，看不到她，也听不到她的声音。

　　为什么？为什么？她那么漂亮，又那么受欢迎，为什么还要抢走我年级第一的位置呢？虽然看不到郝彩儿，也听不到她的声音，但小樱桃所思所想都与郝彩儿有关。当意识到这一点儿时，她已经站在自家客厅里了。"我回来了。"这样的招呼语可能说过，也可能没说。

　　妈妈正在讲电话，眉飞色舞的，完全没有注意到小樱桃情绪不对劲。"……她的成绩呀，嘻嘻，还算可以了……"妈妈一脸自豪地说。

　　电话那头是谁？小樱桃不知道，但确定的是，对方提到了成绩这一话题。

　　妈妈的回答让小樱桃很失望。她那么努力换来的成绩，在妈妈眼里仅仅"还算可以"，可以而已。

　　内心的怒火"腾"地蹿上来了，泪水模糊了视线。"一直以来，我都努力学习，努力保持年级第一，但在你看来，却只是'还算可以'。如今好了，年级第一的位置被别人抢走了，我就连'还算可以'都称不上了。你满意了吗？……"小樱桃对着妈妈大喊大叫，眼泪顺着脸颊肆意淌下来。

　　电话听筒从妈妈手里滑落，"啪"一声重重摔在地上。妈妈顾不得捡起电话，怔怔地看着自己的女儿。女儿这是怎么了？为什么突然大发脾气呢？

　　小樱桃根本不想解释什么，她哭着冲进自己的房

间，"砰"地关上了门，留下一脸错愕的妈妈。

小樱桃背靠着门，唯恐其他人强行进入似的。她昂着头，任眼泪横流，肩膀一颤一颤的。慢慢地，她的身子一点点往下滑落，最后坐在了地板上。

为什么？为什么？她在心里一遍又一遍地呐喊。

小樱桃日记

为什么郝彩儿都拥有那么多了，还要抢走我年级第一的位置呢？

为什么我都那么努力了，在妈妈看来却只是"还算可以"呢？

哭着哭着，我竟然不知不觉地睡着了。当我醒来时，发现自己平平整整地躺在床上。我明明记得，刚才我是背靠着门，坐在地上哭来着，怎么……

我从床上坐起来，发现枕头旁边放着一张纸条。

亲爱的女儿：

想来想去，我还是决定要向你道歉。

一直以来，你都是那么地努力，学习很主动，丝毫不用大人费心。作为回报，你取得了一流的成绩。这是努力付出得来的，我怎么能说"还算可以"呢？女儿，对不起。你的成绩很好，妈妈为之骄傲。

另外，妈妈要告诉你的是，不管你的成绩好与坏，妈妈永远爱你，为你骄傲，这不需要任何原因。

女儿，你是不是遇到什么不开心的事情了？如果你愿意的话，可以讲给妈妈听，妈妈愿意帮助你走出困境。

永远爱你的妈妈

想想我都对妈妈做了什么呀？对她发火，大喊大叫的。妈妈又做错了什么呢？她只不过说我的成绩"还算可以"，以前她也经常这么说来着，我也并不反感，为什么……

眼泪又不争气地流下来了。

我怎么变得这么粗鲁了？难道仅仅因为郝彩儿？因为她很完美，因为她抢走了年级第一名的位置？好吧，我承认我开始有点嫉妒郝彩儿了。她的出现，让我变得一无是处，就像原本属于我的东西被突然间抢走了。我不想失去什么，真的不想。可是，所有的这些，都跟妈妈没关系呀，我怎么能对妈妈发火呢？

对不起，妈妈，我不应该对你发火的。

# ⭐2 男生的把戏

一连几天，小樱桃的心情都非常沉重，因为语文小测的年级第一名不再是她小樱桃，也不是其他人，恰恰是转学生郝彩儿。郝彩儿已经那么完美，拥有够多的了，为什么还要抢走那原本属于小樱桃的位置呢？小樱桃难过极了，就像整个人都被掏空了。

日子仍在继续，丝毫没有顾虑到小樱桃的心情。时间这个东西向来如此，不会因为某人的喜怒哀乐而有所改变，始终以恒定不变的每小时 60 分、每分钟 60 秒的速度走向未来。从前是，现在是，将来还会是这样的。

渐渐地，小樱桃开始承认自己有点嫉妒郝彩儿，就像班上的大多数女生那样。嫉妒是心灵上的毒瘤，都长毒瘤了，感觉能好受得了吗？每每在校园里看到郝彩儿，她都会暗暗说一句"走着瞧"，或者在背后吐舌头；听到有人谈论郝彩儿，她会狠狠地瞪谈论者一眼……当然了，这些都是悄悄进行的。小樱桃可不想被同学发现自己嫉妒郝彩儿，这点只要她自己知道就可以了。

班上的男生们就不同了，自从郝彩儿语文测试获

第二章 小樱桃的失落

得全年级第一名，他们就更加疯狂地迷恋她了。这天，他们更是突发奇想要进行一场比赛。正如你所猜想的那样，这场比赛和郝彩儿有关——比一比，谁能够和郝彩儿交谈的时间更长。

这么独特的比赛内容，亏他们的"天才"脑袋能够想得到。

是比赛就会有输赢和惩罚，与郝彩儿交谈最短的为输，这毋庸置疑，而且他还要掏腰包请客。所以，为了公平公正，男生决定请一名女生来做裁判。女生们一听比赛的内容，就都拒绝了。她们是那么地嫉妒郝彩儿，怎么会在有关她的比赛中做裁判呢？根本不可能！

"小樱桃，你愿意做我们的裁判吗？"多次碰"钉子"的胡小闹把目光投向小樱桃。

小樱桃当然——不愿意了，因为她也有点嫉妒郝彩儿。

"为什么不肯做我们的裁判呢？是不是你也嫉妒郝彩儿？就是因为她在这次语文测试中获得了年级第一……"

小樱桃被胡小闹戳中要害。她本能地矢口否认，"谁说的？我才不嫉妒郝彩儿呢。"为了掩人耳目，她还从胡小闹手里接过秒表，这意味着她答应做这场比赛的裁判了。

于是，四（3）班的教室门口出现了这样一幕：小樱桃手拿秒表，站在几个男生中间，格外显眼。

郝彩儿从四（2）班教室走出来了，正和身边的一位女生边说边笑地谈论着什么。

"预备——开始！"小樱桃的口令刚一出口，长安便"嗖"地冲到郝彩儿跟前。与此同时，小樱桃及时按下了秒表上的按钮，开始计时。

由于长安出现得太突然了，郝彩儿受到惊吓，连连后退。

"嘿嘿。"长安对着一脸惊恐的郝彩儿傻笑。

几秒钟之后，郝彩儿恢复正常，对长安报以微笑，露出那似有若无的小酒窝。

因为郝彩儿这一笑，长安大脑短路了，那些事先准备好的台词忘得一干二净。他对着郝彩儿一个劲傻笑，甚至忘记了是在比赛。眼看郝彩儿迈开腿要继续前行，长安汗都急出来了，大喝一声，"等等。"

"有事吗？"郝彩儿转过头来，笑眯眯地看着长安。她的语气又轻又柔，丝毫没有不耐烦。

"我想向你请教一道题。"长安急中生智，找到这样一个拖延时间的借口。那些事先准备好的台词，他真的一个字都回想不起来。

"没看我们正打算出去吗？为什么不去请教别的同学呢？"郝彩儿身边的同学很不耐烦地抱怨。突然，她晃来晃去的目光落到了不远处小樱桃的身上，黯淡的眼神瞬间有了光彩。"喏，小樱桃，你去问她好了。

她可是年级第一名呢，不，我们班的郝彩儿才是年级第一名呢。嘻嘻。不过，解答你的问题，小樱桃还是没问题的。嘻嘻。"说着说着，她笑起来了，声音很尖，像是在打嗝。

郝彩儿朝小樱桃的方向看了一眼，好像也笑来着。

哼！有什么好得意的，不就是因为在一次测试中得了年级第一名吗？下次，就是下次，我肯定把年级第一名抢过来。小樱桃气鼓鼓的，暗暗在心里发誓，以至于忘了自己裁判的身份。

"快！快按按钮！长安和郝彩儿的谈话已经结束了。"胡小闹在小樱桃身后大呼小叫。

恍惚间，小樱桃迅速按下计时按钮，幸好还来得及。长安和郝彩儿交谈时长为 3 分 26秒。

另一个参赛的男生神使鬼差地出现在郝彩儿身边。

胡小闹抱着肩膀站在小樱桃身后，似乎为了监督而存在，嘴里还念念有词，"真搞不懂，你这个裁判在想些什么？"

小樱桃在想什么当然不会告诉胡小闹了。不过，为了让胡小闹尽快闭嘴，小樱桃转移话题说："胡小闹，如果不抓紧的话，你想对郝彩儿说的那些话，也许就会被其他人说了。"

"哼！我才不怕哩。我要作为重头戏压轴出场。"胡小闹神气地说，一副胜券在握的样子。

有什么好骄傲的呢？难道仅仅是因为他与郝彩儿有过渊源？记得郝彩儿刚到乐多多小学的那一天，帮胡小闹捡过鞋子。这样的渊源让人难堪，倒不如没有的好。再者，要不就是胡小闹打算戳穿整个比赛的把戏，实话实说，请求郝彩儿与自己交谈时间长一些。这是有违比赛规则的呀！

思来想去，小樱桃仍不能为胡小闹的骄傲找一个像样点的理由。只能说，天性使然。

终于，胡小闹出场了。因为其他男生与郝彩儿交谈完毕，如果他再不出场的话，就被视作自动退出比赛。所有人的目光都集中在胡小闹身上，只见，他抚弄了几下本来就支楞着的头发，昂着头，风度翩翩地朝郝彩儿走过去。风度翩翩？只有他自己会这么认为。在小樱桃看来，他的这一连串动作简直令人作呕。

胡小闹刚走到郝彩儿跟前，张开嘴巴还未说出一句话，预备铃就恰到好处地响了。

胡小闹尴尬极了，不知道是把要说的话说出来呢，还是干脆直接闭嘴，把话咽下去。

郝彩儿似乎看出了胡小闹的尴尬，对他嫣然一笑。"胡小闹？！我记得你，你是我在这所学校认识的第一个同学。现在，我要回教室上课啦。"说完，就转身走进了四（2）班。

比赛结果再明显不过了，胡小闹输了，从他走到

我不是
完美女生

郝彩儿跟前到郝彩儿转身离去，不过短短几秒钟。

因为这得来容易的胜利，长安吹了一声漂亮的口哨，其他人也都激动得一个劲儿鼓掌。

胡小闹没有恼羞成怒，反而很高兴。对，特别高兴，像中了头等奖似的。"郝彩儿居然记得我的名字！还认识我！"他激动地这么说。

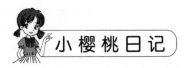

小樱桃日记

男生之间进行了一次比赛——比一比，谁和郝彩儿交谈的时间长。胡小·闹本打算作为重头戏压轴出场，谁知道他刚走到郝彩儿跟前，上课铃声就响了。要我说，两个字——活该！按照规定，他要掏腰包请客。他也确实这么做了，整整花掉一个月的零花钱呢，损失相当惨重。

我满以为胡小·闹会从中吸取教训，不再那么迷恋郝彩儿，甚至生她的气。然而，他不仅没有生气，反而像获得冠军那样兴奋。"郝彩儿居然记得我的名字！还认识我！"他在班里大肆宣扬。我都有点怀疑，他脑子是不是进水了？

如果，有这么一天，大家都争着和我说话，还进行比赛——比一比，谁和小·樱桃交谈的时间长。如果真的有这样的事情发生，我想我会特别高兴。是不是我虚荣心太强了？

# 3 学校出现了一群"大肚婆"

母亲节将至。为了让学生理解妈妈，体会妈妈怀孕的辛苦，四（3）班班主任标新立异，在班上开展了这样一项活动——让每个学生腰上缠上 5 斤沙包。

也许因为新鲜——乐多多小学以前从未开展过这样的活动，刚刚缠上沙包，男生女生都很兴奋。"大肚婆"们看着彼此圆鼓鼓的大肚子，相互开着玩笑。按照规定，他们要与重达 5 斤的沙包相伴整整两天，上课、吃饭都不离身。

沉，5 斤重的沙包缠在腰上沉甸甸的。这是小樱桃的第一感受。不过，更多的还是兴奋，她一遍一遍地摸着怀中的"宝宝"，还像个真妈妈那样和它交谈呢，"宝宝，乖，你要听话……"

沉点有什么关系呢？两天的时间一眨眼就会过去。小樱桃认为这个 5 斤重的"宝宝"不会对自己造成任何威胁，所以，根本没把这放在心上。她一边摸着怀里的"宝宝"，一边对好朋友思悦夸口说："别说两天了，就是两个礼拜，我也能坚持下来。"

然而，她错了。还不到两个小时呢，小樱桃就意

识到自己的错误了。

"就像有一双无形的手拽着我的腰，我都快被拽趴下了。"小樱桃说。为了抵抗那双无形的手，不被拽趴下，她不得不用手在背后扶着腰，走路也变得摇摇晃晃的，像极了真的孕妇。其他同学的状况也都差不多。

因为"宝宝"太重，班里女生达成一致意见——减少所有能够减少的运动。课间也都待在教室里，聊天，乖乖在座位上看书。

可是即便如此，还是有不少麻烦。

"啪！"小樱桃的语文课本掉在了地上。由于在座位上坐得太久了，她一时忘记了怀里的"宝宝"。于是，她一只手扶着课桌，探出身子，用另一只手去捡地上的课本。

小樱桃才刚把身子探出去，猛地感受一股来自腰部的力量，使劲拽了她一下。"啊——"她吓得叫出声来，胳膊在空中滑动了几下。

"太危险了。"其他人看得胆战心惊。

小樱桃心有余悸地坐在座位上喘着粗气。太险了！差点儿一头栽倒在地上。都怪它！小樱桃看了看缠在腰上的沙包，扬起胳膊，狠狠打了它几下，完全忘记就在刚才她还亲切地称它为"宝宝"呢。

我可是在扮演妈妈呀，怎么能打肚子里的宝宝呢？怒气过后，小樱桃想起自己的角色，"扑哧"笑了。

课本若无其事地躺在地上，小樱桃惊魂未定地看着它。然而，再怎么看都无济于事，课本不会因为羞愧，自己跳到课桌上的。

"小樱桃，你换其他姿势试试。"有人提议说。

小樱桃走出座位，尝试着用各种姿势捡起地上的课本。肚子那圆鼓鼓的，弯腰肯定是不行了。她一只手扶着"宝宝"，慢慢蹲下身子，另一只手摸索着捡起地上的课本。

哦，大功告成！

"妈妈当初可真辛苦！"不少同学发出这样的感叹。

是呀！平时轻而易举能完成的事情，肚子里有了"宝宝"后，就变得非常困难。

不知为什么，小樱桃就想到了前几天对妈妈发火的事情。对着正在打电话的妈妈歇斯底里地大喊大叫，这是多么粗鲁的行为呀！她仔细回忆了一下当时的情景，就算在她吵闹最凶的时候，妈妈也没有责怪她的意思。

"她可真是个好妈妈。"小樱桃感叹道。

小樱桃的妈妈在电视台担任主持人。工作主要是帮助学生及其家长解决亲子之间的矛盾。妈妈经常能够收到学生的来信，有小学生、中学生，甚至还有大

学生。在信中，他们除了表达对节目及妈妈的喜爱之外，还会讲自己遇到的困惑。妈妈也会给他们回信，在信中说些自己的看法。渐渐地，她获得了很多学生的喜爱，被称为"知心阿姨"。

也许因为了解孩子的内心吧，在家里，她民主、开放，很多事情都与小樱桃商量，而不是代替她做决定……好朋友思悦曾说过："这样的妈妈，打着灯笼都不好找呢。"

事后，妈妈曾询问过小樱桃发火的原因，但小樱桃只是摇摇头，什么都不肯说。要她说什么呢？说学校转来一位女生，她很完美，很招人喜欢，还抢了全年级第一名的位置，自己对她嫉妒得要命。这种话怎么好意思说出口呢？

看小樱桃不愿意说，妈妈也就没再继续追问下去。她向来都是如此，从不强迫小樱桃。她只是认真地看着小樱桃，一本正经地说："如果你哪天愿意说了，无论过多久，都可以讲给妈妈听。记住，妈妈永远都会帮你的。"

小樱桃愿意跟妈妈分享任何事情，唯独这件事不可以。妈妈是个好妈妈，她可不想让妈妈知道自己是个嫉妒心很强的坏丫头。

不！决不能！

# 小樱桃日记

　　学校出现了一群"大肚婆"！不，准确地说，是一个班级的"大肚婆"——我们四（3）班。仅半天的时间，这就在整个乐多多小学引起了轰动。

　　腰上缠着5斤重的沙包，这样的装扮确实挺怪异的。正因为如此，无论我们走到哪儿，都会有人对我们行"注目礼"，有些同学在背后嘲笑我们。更甚者，还会拉帮结派跑到我们教室门口，对我们指指点点的。

　　我很难过，因为这让我联想到了在动物园参观猴子的情景。班上的其他同学也有这种感受。课间，班级门口照例聚集了一群人，他们在那儿交头接耳，捂嘴窃笑。胡小闹一气之下，"咣当"关上了门。

　　大家都为他这种行为叫好。虽然我们无权阻止他们嘲笑我们，但我们有权谢绝参观。

　　我们向班主任抱怨这些时，班主任说："我们每个人都是从妈妈肚子里出来的，包括那些嘲笑你们的同学，也都一样。想想看，有哪个妈妈会因为觉得肚子大难看，会被嘲笑而责怪肚子里的宝宝呢？那些嘲笑你们的同学很难体会妈妈怀孕的艰辛，但你们能，你们也会因此变得比他们更能理解妈妈。"

是呀，没有哪个妈妈会因为大肚子难看，而责怪肚子里的宝宝的。既然我们扮演孕妇，体验妈妈怀孕的辛苦，就要像真的一样，不能因为肚子大难看，就撅嘴不情愿。

对于我们班举行的这次活动，我特别注意了一个人的反应，那就是郝彩儿。我很想知道她看到我们班一个个"大肚婆"会有什么表现。

令我失望的是，她的表现过于冷淡。虽不像大多数同学那样，嘲笑或者对我们指指点点，但就连一点儿好奇心都没有，那副态度像是说："这是你们四（3）班的事儿，与我无关。"

她，是不是太骄傲了？

# 4 "感悟母爱，感恩母亲"主题会

为期两天的腰缠沙包活动落下了帷幕。

终于，腰上不必再缠那 5 斤重的沙包了；终于，可以毫无顾忌地弯腰、蹦跳了；终于，又恢复到身轻如燕了……小樱桃没有片刻的犹豫，迅速地解下缠在腰上的沙包，如释重负地长舒了一口气。

虽然活动只进行了两天，每天把沙包缠在腰上七八个小时，但这已经把小樱桃累得够呛了。她腰酸背疼的，就像刚干完沉重的体力活。

缠沙包的活动结束了，并不意味着此事就此告一段落。"下午第三堂课，我们要举办一次主题会，题目就是——感悟母爱，感恩母亲。届时，你们可以畅谈自己这两天的感受。"班主任站在讲台上，威严地宣布。

每次活动结束后，如果不是要写一篇感想作文的话，就是要召开主题会，谈谈各自的感受，这几乎是约定俗成的事情了，就像是正餐之后的饭后甜点。开主题会总比腰上缠 5 斤重的沙包要轻松得多，所以，同学们并无怨言。而且，他们确实有很多感想要分

享。

"你好，小樱桃。听说你们今天下午会有一个'感悟母爱，感恩母亲'的主题会，我们小记者协会想对此事做一篇报道。到时候，我可以到你们班旁听吗？"郝彩儿微笑着站在小樱桃面前，大方而不失礼貌。

小记者协会？郝彩儿转学来到乐多多小学不过十多天的时间，竟然成为学校小记者协会的一员了？可真了不起！小樱桃若有所思。

"当然可以了！我们热烈欢迎还来不及呢。"胡小闹抢着回答，大有在郝彩儿面前献殷勤的嫌疑。

哼！小樱桃白了胡小闹一眼。郝彩儿明明是在征求小樱桃的意见，胡小闹又不是小樱桃，怎么能代替她作答呢？

见小樱桃有所迟疑，郝彩儿又说："我觉得，这次活动很有意义，能够让人受益匪浅。然而，据我观察，当你们腰缠沙包出现在校园时，很多同学都不理解，会有这样那样的疑问。所以，我们小记者协会决定对此进行报道。"

"受益匪浅？郝彩儿，你真的这样认为吗？要知道，其他同学都取笑我们来着。我们正愁没办法让全校学生理解这次活动的意义，你们便决定对此进行报道，简直正和我们之意。"胡小闹激动地说。他可真会拍马屁！

话都说到这份上了，还有什么拒绝的理由呢？如果小樱桃硬要拒绝，肯定会被误认为她和郝彩儿有私人恩怨呢。这并不是事实，只是小樱桃有那么一点点嫉妒郝彩儿。

　　而且，在这次简短的交流中，郝彩儿脸上始终带着笑容。此刻，她仍然笑意盈盈地看着小樱桃，眼神中充满了期待，谁又忍心拒绝呢？

　　"好呀！"小樱桃答应说。

　　事情就这样定下来了，下午第三节主题会时，郝彩儿会来四（3）班旁听。

　　主题会马上就要开始了，教室的黑板上写着"感悟母爱，感恩母亲"八个大字。

　　郝彩儿搬着椅子走进四（3）班。

　　男生们沸腾了，就像烧到100℃的水，不仅争相和她说话，还主动要把自己的座位让出来呢。"郝彩儿，你坐在我这儿。""郝彩儿，坐在我这。"

　　"她怎么到我们班来了呢？"有女生悄悄问小樱桃，语气中充满了不满。

　　"学校小记者协会要对我们这次活动进行报道，所以，她到我们班来旁听。"小樱桃不动声色，实事求是地回答。

　　郝彩儿谢绝了每个人的邀请，搬着椅子坐在教室

的最后面。

主题会正式开始了。

因为郝彩儿的到来，男生们表现得很积极，争相发言。

首先站起来发表感想的是胡小闹。他说："刚系上沙包'宝宝'的时候，我很兴奋。可是，没过多久，兴奋劲就消失了，因为太重、太累了。说实话，我都有点想要放弃了。转念一想，我是在体验妈妈怀孕，如果当妈妈怀着我的时候觉得累了能否就此不要我了呢？于是，我咬牙坚持下来了。"

长安也抢着要发言。他是个胖子，本来肚子就已经够大的了，再绑上一个5斤重的沙包，简直快要变成圆滚滚的球了。"我是所有人中最辛苦的一个了，因为我的肚子比你们每一个人都大……"

"很有可能是因为你的肚子里是对双胞胎呀！"有人打趣说。声音虽然不大，但足够所有的人都听清楚了，包括最后面的郝彩儿。

"哈哈。"教室里爆发出笑声。长安自己也"嘿嘿"笑了。等笑声停止后，他接着说："总之，通过这次活动我体会到了妈妈的辛苦。今后，我会更爱她。另外，在公交车上看到孕妇，我也会第一个站起来给她让座的。"

"腰上缠着沙包'宝宝'，做什么都不方便。有一回，我下楼倒垃圾，因为走得太急，差点儿栽下楼。妈妈说，我在她肚子里的时候，她仍然坚持上班，这多么不容易呀！"

……

等到其他同学都发言完毕，小樱桃才站起来谈自己的感想。

"和其他同学一样，缠上沙包'宝宝'还不到两个小时，我就腰酸背痛的了。活动一结束，就迫不及待地把它解下来。事实上，我们差不多要在妈妈的肚子里呆十个月的时间。可想而知，妈妈是多么辛苦。

"在体验妈妈怀孕艰辛的同时，我也在检讨自己的日常行为。妈妈每天要照顾我们的衣食住行方方面面，我们又为她做了些什么呢？答案是少之又少。不仅如此，不顺心的时候，我们还会抱怨她们，甚至对她们发脾气。现在想想，这是多么不应该呀！

"妈妈为我们做了这么多，我们是不是也应该为她们做些什么呢？虽然我们现在还只是小学生，能够做的并不是很多，但我们可以努力把我们能做的那些做好。例如，在学习方面，不再让妈妈操心；生活中，自己的事情自己完成……"

因为小樱桃这段精彩的演讲，教室里响起了雷鸣般的掌声。

班主任站在讲台上不住地点头，这是对小樱桃的

肯定。紧接着，他眼睛像探照灯一样在教室扫了一
圈。意思再明显不过了，如果没有同学想要谈自己的
感想，那么他可就要做总结发言了。

忽然，胡小闹从座位上站起来。他不是已经说过
了吗？还是第一个发言的呢。怎么……

只听胡小闹不慌不忙地说："老师，我觉得应该
也请郝彩儿谈谈自己的感想。"

一时之间，所有的目光都集中在郝彩儿身上。

也许这个提议太突兀了，郝彩儿愣住了，有些不

知所措。

"啪啪！"不知谁带头鼓起掌来。

郝彩儿似乎受到了鼓舞，从容地站起来，说："虽然我没有参与到这次活动中，但作为旁观者，从大家的言辞之中，我体会到了妈妈怀孕时的辛苦，所以，遇到不顺心的事情，我们不应该抱怨她们，更不能对她们发脾气。有些事情，其实，她们也无能为力。"

不知为什么，郝彩儿声音渐渐低沉下去，说到"无能为力"时，甚至可以听到声音在颤抖。她哽咽了，停顿了一下。

几秒钟之后，一切又恢复了正常，她的声音又像往常一样，甜甜的。"我觉得每一个参加活动的同学都勇气可嘉，因为你们不仅要负担 5 斤重的沙包'宝宝'，还要忍受其他同学异样的目光。所以，我们小记者协会决定要对此进行报道，让乐多多小学的每一位学生都能够了解此次活动的目的及意义。我相信，大家都会从中受益匪浅的。"

原来如此呀！小樱桃还以为郝彩儿太骄傲了，所以对四（3）班的"大肚婆"表现得漠不关心。其实不然，她是不想因为自己的好奇而给他们造成心理负担。

"啪啪！"教室里掌声四起，声音比小樱桃发言那次更响亮，持续时间也更久。而且，其中还夹杂着男生叫好的声音。

在"感悟母爱，感恩母亲"的主题会上，大家争相发言，畅谈自己的感想。

郝彩儿作为学校小·记者协会的一员来我们班旁听，不应该发言的。都怪胡小·闹多事，偏偏向班主任提议请她也发言。

可气的是，郝彩儿发言完毕，竟然获得了比我更多的掌声和喝彩。就连班主任也对她赞赏有加，"大家说，郝彩儿讲得好不好？"

有没有搞错？我也算是他的得意门生了，我发言完毕后，他也只不过点头微笑，而郝彩儿发言完，他却"兴师动众"，大声询问我们的态度。

太过分了！

这种情况下，谁敢公然与班主任唱反调，说郝彩儿说得不好呢？"好。"男生们起哄似的回答，声音响亮如钟。

瞧，他们那得意忘形的样子，好似班主任表扬的是他们自己。

　　郝彩儿说得真的这么好吗？说实话，我并不觉得。只是她在说到"有些事情，其实，她们（妈妈）也无能为力"的时候，哽咽了一下。大家肯定是因为同情，所以，无偿送给她掌声和喝彩的。

　　不过，她为什么要哽咽呢？难道她因为某些事情责怪过妈妈，或者是对妈妈发过火？郝彩儿在大家心中是那么的完美，这可不像她能够做出来的事情。

　　更令我吃惊的还在后面。主题会结束后，郝彩儿居然走到我面前，说："小·樱桃，你的发言太好了，我准备在校报上原话刊登。"

　　她是为了安慰我才这么说的吗？因为她比我获得了更响亮、更持久的掌声。

　　哼，我才不需要呢！

第三章

# 和转学生成为朋友

 母亲节的礼物

今天是星期天，也是母亲节。

在这之前，为了即将到来的母亲节，学校开展了各种各样的活动，目的就是让学生们懂得感恩母亲。其中，以四（3）班的活动最为独特——让学生腰上缠上 5 斤重的沙包"宝宝"，体验妈妈怀孕的辛苦。

通过这次活动，四（3）班同学体会到了妈妈怀孕有多么的不容易，都夸口说要让妈妈过一个不一样的母亲节。小樱桃也是。她说："我要送给妈妈一个大大的惊喜。"

大大的惊喜，这说起来容易，做起来就困难了。送给妈妈什么样的礼物才会带来大大的惊喜呢？

看到钻石时，妈妈眼睛会放光。如果买一颗钻石送给妈妈，肯定会让她惊喜万分。可是，钻石这东西太昂贵了，小樱桃根本负担不起。

康乃馨？康乃馨是送给母亲的花。时值母亲节来临之际，很多花店都摆出招牌，说有新鲜的康乃馨。可是，小樱桃觉得这并不是一个特别好的主意，如果花凋谢了，对妈妈的那份心意也会随之消失了。

……

时间一分一秒地过去了，小樱桃还没想到一件称心如意的礼物呢。她懊恼极了，不由得烦躁起来。都说"女儿是妈妈的贴心小棉袄"，可是，在母亲节这天，她却找不到一件能够带给母亲最大惊喜的礼物……"妈妈的贴心小棉袄"？一阵喜悦传遍全身每个角落，小樱桃激动得差点儿又跳又叫。对呀！在母亲节这天，她可以做"妈妈的贴心小棉袄"呀！

清晨，闹钟刚一响，小樱桃就从床上爬起来了。今天是星期天，不用上学，但她还是按照以往上学的时间起床了。因为她今天是要做"妈妈的贴心小棉袄"哦。

小樱桃从书包里拿出那张事先制作好的贺卡，蹑手蹑脚地放在了妈妈的梳妆台上。贺卡是红色的，里面画了一幅画：雨天中，一个小女孩踮着脚，把伞举得高高的，为的是不让双手拎着东西的妈妈被雨水淋湿。妈妈低头看着努力为她撑伞的女儿，眼神里流露出感激之情，小女孩则一脸骄傲，似乎做了一件世界

上最了不起的事情。这幅画的寓意再明显不过了，做"妈妈的贴心小棉袄"。配合这幅画，小樱桃还在上面写了一段话：妈妈，节日快乐，感谢你这些年来为我所做的一切，辛苦了！今后，我会努力做你的"贴心小棉袄"的。

梳妆台前是一面镜子。当妈妈看到这张贺卡时，肯定会露出满意的笑容，爱笑的妈妈是最美丽的了。通过镜子，妈妈看到自己的笑脸，美丽的脸，心情就更好了，没准，一下能年轻 10 岁呢。

"小樱桃，你真聪明！"小樱桃忍不住夸奖了自己一句，马上"咯咯"笑出声来。嘘！妈妈还在睡觉，千万不能吵醒她。

接下来，小樱桃着手准备早餐。她先跑下楼去买了一些包子，等再跑回来时，妈妈已经起床了，正在厨房忙活呢。

看着气喘吁吁跑上来的小樱桃，妈妈抑制不住内心的喜悦，走过来，紧紧抱住了她。"谢谢你，小樱桃。"显然，她已经看到了梳妆台上的那张贺卡。

妈妈这么正式的道谢，让小樱桃都不好意思了。突然，她昂起头，骄傲地说："妈妈，更多惊喜还在后面呢。"紧接着，她把妈妈推出了厨房，"妈妈，今天是你的节日，你就歇着吧，一切有我呢。"

妈妈离开厨房后，小樱桃忙着热牛奶，煎鸡蛋。

这些事情她以前也做过，虽然不是那么得心应手，但勉强能够应付。

看到妈妈吃得津津有味，小樱桃高兴极了。

早餐吃得简单，做起来也容易，但午饭可就麻烦了。不过，小樱桃一点儿都不担心。初战告捷，让她信心满满的。

午饭，小樱桃打算做一道大菜——时蔬沙拉蓝莓虾。不是因为别的，只是家里的菜谱上有这道菜的做法，她可以按照步骤一点点来做。

小樱桃先把竹节虾一个一个地去须，然后从虾的背部切开一个口。这个步骤听起来简单，可做起来难，虾又小又滑，小樱桃右手拿刀，左手用三个手指按住虾，小心翼翼地切，生怕切到手。

虾切好后，就要用料酒、鸡精等腌制十几分钟，让虾入味。这时，她要开始切包菜、胡萝卜、紫甘蓝了。同一把菜刀，在妈妈手里又轻巧又乖，可一到了小樱桃手里，仿佛有千斤重，而且极其调皮。

看小樱桃拿菜刀的笨样子，妈妈禁不住说："刀要拿直，用刀的前面切菜，左手手指蜷进去，就像拿着一个鸡蛋，手指和刀要平行，用力按住菜，这样才不容易切到手。"

小樱桃尝试着按妈妈的说法做，果然轻松了不少。

包菜切好后，虾也腌制好了。接下来，就要把虾

弯成月牙形状在淀粉、面粉、吉士粉里蘸一下，再将油烧到八成热，把虾在油锅里炸成焦黄色后捞出来，在盘子里摆成一个弧形。刚出锅的虾，又热又烫，烫得小樱桃手都很疼。

摆好虾后，再把包菜丝、紫甘蓝丝、胡萝卜丝放到盘子里，最后把蓝莓汁浇到虾身上，千岛汁浇到蔬菜上，这道色、香、味俱全且营养价值很高的菜就大功告成了。

小樱桃捏起一个虾放在嘴里尝试。慢慢地，嘴角耷拉下来了，笑脸变成了苦瓜脸。那虾一点儿滋味都没有，淡得如同白开水。怎么会这样呢？小樱桃眼睛扫过一片狼藉的厨房，企图寻找哪个环节出问题了。原来忘记放盐了。

看到妈妈满怀希望地夹了一只虾放入嘴里，小樱桃紧张极了。这道菜做坏了，一点儿滋味都没有，妈妈会不会……

然而，妈妈没有表现出任何失望的神情，仍然一脸惊喜，还夸奖小樱桃呢。"小樱桃，你第一次下厨就能把这么复杂的菜做成这样，真不简单。"

小樱桃知道，妈妈是怕她难过，才故意这么安慰她的。如此一来，她心里更不是滋味了。平时妈妈做饭稍稍不合胃口，她就会抱怨，而妈妈对她的这次失误却很包容，想想真是惭愧呀！

以后，我再也不会抱怨妈妈做的饭不好吃了。小樱桃在心里暗暗发誓。

如果你认为做"妈妈的贴心小棉袄"只是为妈妈做做饭而已，那可就大错特错了。不仅要代替妈妈做家务，还要和她说说心里话呢。只有通过交谈，才能让彼此更加了解呀！

在这方面，小樱桃下了一番功夫。下功夫？对，她偷偷地拿出了家里的相册，挑选出很有纪念意义的几张照片。一张是妈妈结婚时拍的照片。妈妈穿着白色的婚纱，披散着波浪卷发，一笑露出洁白而整齐的牙齿。一张是妈妈躺在病床上，搂着眼睛尚未睁开的婴儿的照片。"那肯定是我喽。"小樱桃指着照片上的婴儿自言自语。那时候，妈妈的注意力全在婴儿身上了，温柔地看着她，满意地笑着……

小樱桃把这些照片摆在妈妈面前，请她讲这些照片背后的故事。

看到这些照片，妈妈的脸上写满了惊喜。她看了一遍，拿起那张结婚时的照片，对小樱桃说："知道吗？当时你爸爸坚持要我穿另外一套婚纱，那套婚纱简直太难看了，没有新娘会喜欢的。"虽然妈妈是在抱怨爸爸，可是她脸上却荡漾着幸福的笑容。

"这是你周岁时候的照片。那时候，你就好像已

经懂事了，还故意和我们作对，照相机移向哪一侧，你就把头歪向另外一侧。所以，留下了这张歪着脑袋的照片。"

……

时光在妈妈嘴里飞快地流逝，还不到一个小时，妈妈就从和爸爸结婚讲到了现在——有小樱桃这个10岁大的女儿。她讲了很多小樱桃小时候的趣事，其中大多小樱桃这个当事人已经忘记了。

"哈哈……"不断有笑声从小樱桃嘴里冒出来，她没想到，自己小时候竟然发生过那么多有趣的事情。

如果没有接下来的事情的话，小樱桃肯定会更高兴的。

"听说你们学校来了一位转学生，也是四年级。"不知怎么，妈妈突然就提到了让整个乐多多小学为之轰动的转学生，郝彩儿。

妈妈能够知道这个消息，小樱桃并不觉得奇怪，因为她总能收到各个学校学生的来信，包括乐多多小学。

"是呀！"小樱桃淡淡地说。今天可是母亲节，怎么能够敷衍妈妈呢？意识到错误后，小樱桃挤出一个笑容，算是对妈妈的补偿。不过，就连她自己都能感觉到，脸上的笑容很僵硬。

妈妈注意到小樱桃这种变化，误以为她不喜欢这个转学生呢。于是，她建议说："为什么不尝试着和

转学生成为朋友呢?"

和郝彩儿成为好朋友?小樱桃想都未曾想过,就像她从未奢望过自己有一天也会变得完美无瑕。

妈妈很认真地看着小樱桃,那表情丝毫不像是在开玩笑。

郝彩儿那么完美,愿意和小樱桃成为朋友吗?

 小樱桃日记

今天是母亲节。妈妈过母亲节,我过劳动节。从早晨睁开眼睛起,我就一刻不闲地忙碌着,做饭、收拾房间、打扫卫生……做了那么一大堆家务,特别特别劳累,我觉得骨头都快散架了。

各位,千万别误会,我不是在抱怨我有多么辛苦,而是描述这样一个事实。实不相瞒,我为今天的自己而自豪,因为我的这些努力,让妈妈度过了一个愉悦的母亲节。

平时,妈妈既要上班,又要做家务,多么辛苦呀!我决定,从今往后,要尽可能多地帮助妈妈减轻负担,尽量不给她制造麻烦。

身体疲惫至极，可是，我躺在床上，却翻来覆去地总也睡不着。

妈妈知道了转学生郝彩儿，那肯定也知道她各方面都特别完美，或许，妈妈也猜到了那天我对她发火的真正原因——因为郝彩儿抢走了那原本属于我的全年级第一的位置。

"为什么不尝试着和转学生成为朋友呢？"

妈妈真的认为我和那位转学生能够成为好朋友吗？她是那么的完美，而我，在她到来之后，就连唯一的优势也失去了。可以说，在她面前，我一无是处，她怎么可能愿意和我成为朋友呢？

谁会愿意和一个完美无瑕的人成为朋友呢？那只会让自己的不完美暴露得更加淋漓尽致。

不！我们是不会成为朋友的！

# 2 我们可以做朋友吗

自从"感悟母爱，感恩母亲"主题会之后，每次碰到小樱桃，郝彩儿都会主动打招呼。"Hi，小樱桃。""早呀，小樱桃。"……四（3）班和四（2）班只有一墙之隔，见面的机会多之又多，打招呼自然也变得很频繁。

思悦，小樱桃最要好的一位朋友，好奇地询问道："小樱桃，你和郝彩儿什么时候成为朋友的？"

对此，小樱桃只是淡淡一笑，并未作答。

朋友，怎样才算是朋友呢？彼此见面点头打招呼就算是朋友吗？小樱桃认为并不是这样的，朋友是可以毫无顾虑互诉衷肠的。让小樱桃和郝彩儿互诉衷肠，那是根本不可能的，"郝彩儿那么完美，会不会耻笑我呢？"所以，小樱桃觉得她和郝彩儿并不算是朋友，只能说是彼此认识而已。

不仅如此，一见到郝彩儿，小樱桃内心就有一种比赛的紧迫感，很显然，她是把郝彩儿当作竞争对手了。

在郝彩儿出现之前，小樱桃自我感觉良好。可是，在她出现之后，这种良好的感觉消失得无影无踪，小樱桃品尝到自卑的滋味——看到郝彩儿的种种完美，她就会想到自己各方面的不完美，内心泛起一股苦涩的情感。对，自卑的苦涩。

在苦涩情感的孕育下，嫉妒的种子生根发芽了。起初，对郝彩儿的嫉妒很模糊，小樱桃只是隐隐约约感觉到它的存在。但不知从何时起，这种感觉越来越强烈。"我一定要超过她。"小樱桃在心里大声发誓。

郝彩儿是那么的完美，要超过她，岂不是要变得比她更完美？不是的，小樱桃可没这么贪心，她只是想要在成绩、排名上超过郝彩儿。在郝彩儿出现之前，年级第一名一直都是小樱桃。她想让这种状况持续下去。

为了能够在成绩上超过郝彩儿，小樱桃特别卖力地学习。每天早晨，她早早地来到学校，背诵前一天学习的内容。下午放学后，她放弃了和好朋友黄蓉、思悦一起回家，留在教室里学习半小时再离开……

小樱桃的这种异常表现，引起了胡小闹的极度好奇。他说："小樱桃，你是不是大脑受到什么刺激了？所以，才想到用努力学习的方式来弥补？"

小樱桃懒得理会胡小闹，因为她正在解一道数学难题呢。

这天，下午放学后，小樱桃照例在教室学习了半

小时。等她离开的时候，同学们差不多都走光了，硕大的校园变得空荡荡的。她低着头，脚步匆匆地走着。突然，听到背后有人喊自己的名字。

"小樱桃！小樱桃！"

会是谁呢？小樱桃僵硬地转过头——郝彩儿！那个喊叫小樱桃的人正是郝彩儿。见小樱桃转过头来，她挥了挥胳膊。

两个值日生有说有笑地从小樱桃身边走过去。郝彩儿怎么会这么晚才回家呢？难道……小樱桃很好奇。

郝彩儿快跑几步追上小樱桃。"小樱桃，我正打算要找你呢……"才跑了那么几步，郝彩儿就满脸涨得通红，说话也变得气喘吁吁的了。

嗯？找我？为什么？

不等小樱桃说话，郝彩儿迫不及待地解释了。她举起手里的报纸在小樱桃眼前晃了晃，然后"哗啦"翻开，指着其中的一篇文章，说："喏，你看。"

小樱桃从郝彩儿手里接过报纸，仔细读了这篇名为"沙包系在腰上，百感汇在心头"的文章。文章介绍了四（3）班腰缠5斤重的沙包这项活动，以及"感悟母爱，感恩母亲"主题会。文章多次提到"小樱桃"，而且还引用了她说的那段感想呢。

记得主题会结束后，郝彩儿走到小樱桃跟前，说："小樱桃，你的发言太好了，我准备在校报上原话刊登。"小樱桃还以为她只是说说而已呢，没想到……小樱桃脸红了，不好意思看郝彩儿。

郝彩儿自顾自地说，并没注意到小樱桃脸红了。"我10岁了，所以母亲节那天，我买了10朵康乃馨送给妈妈。妈妈可高兴了……对了，小樱桃，你送给妈妈的母亲节礼物是什么呀？"

"不是说女儿是妈妈的'贴心小棉袄'吗？所以，我自己制作了一张贺卡表达我的谢意，准备了早餐和午饭，还看着照片和妈妈共同回忆了以前的一些事情。"小樱桃如实回答。

郝彩儿夸张地睁大眼睛，"女儿是妈妈的'贴心小棉袄'，我怎么就没想到呢？不过，话说回来，你为妈妈做的确实挺多的。"

"与妈妈为我做的相比，我为她做的这些又算什么呢？"

母亲节结束后，四（3）班的同学也相互打听彼此送给妈妈的节日礼物。当他们听小樱桃说完后，都夸奖她为妈妈做了这么多，那时，小樱桃也都是这么说的。所以，她可不是因为对面站的是完美无瑕的郝彩儿，才故意这么说的。

郝彩儿不说话了。

在十字路口，小樱桃和郝彩儿要分开了，因为她

们的家在不同的方向，并不顺路。"再见！""再见！"相互道别之后，她们各自朝自己家的方向走去了。

不对，应该说小樱桃朝自己家的方向走去了，郝彩儿站在原地未动。突然，她朝小樱桃的方向跑了几步，追上她。

啊？小樱桃吃惊地看着郝彩儿。

"小樱桃，我们可以做朋友吗？"郝彩儿郑重其事地看着小樱桃。她两只手不安地搓动着，唯恐小樱桃会拒绝。

"好呀！"小樱桃笑着回答。如果有谁会拒绝别人这样的请求，那他肯定是脑袋进水了。

不过，小樱桃还是很好奇：为什么？

完成作业后，我想到了书包里还有一份乐多多小学的校报呢——"报纸要过几天才能发到每个班级呢。不过，你可以先拿这份看看。"既然郝彩儿这么说了，我为什么要拒绝呢？于是，道谢之后，我就毫不客气地把报纸放到了书包里。郝彩儿是记者协会的，肯定知道报纸上所有的内容。

让本小姐看看，乐多多小学的校报上都有什么内容。

令人匪夷所思的是，第一版，也就是最重要的一版，只是贴了几张照片，标题是"赛微笑"。可气的是，照片拍摄的是四（2）班的学生，而不是我们四（3）班，照片中他们一个个笑得都很灿烂。

在照片的下面，还有一段话：

在5月8日"世界微笑日"到来之际，乐多多小学四（2）班开展了"微笑比赛"活动。比赛内容包括制作微笑脸谱、讲笑话、比笑脸等。通过这次活动，四（2）班同学表示，他们会用甜蜜、灿烂、阳光的微笑度过每一天。

我们四（3）班活动也很有意义呀——腰缠5斤重的沙包，体验妈妈怀孕的辛苦，比四（2）班的微笑比赛要有意义多了，为什么没有把我们放在头版呢？而且关于我们班的这项活动连一张照片都没有，太可气了！

郝彩儿让我看这张报纸的目的何在？难道仅仅是为了让我生气？"看我们班的活动出现在校报的头版，最引人注意了。"如果是这样的话，她为什么又说要和我做朋友呢？

为什么呢？

# 3 田径比赛

每年 5 月份，乐多多小学都会举行一次田径比赛。今年也毫不例外。与以往所不同的是，往年小樱桃是观众，坐在观众席上给别人喊"加油"，而今年她是选手，要在跑道上奔驰，别人为她喊"加油"。

田径比赛，虽然只是跑步，但也是有区别的。首先按年级划分为低年级组和高年级组。小樱桃四年级了，属于高年级组。在高年级组中，又有男女 100 米速度跑，男女200 米短跑，男女 500 米中长跑，男女 1500 米长跑。小樱桃报名参加的是女子 1500 米长跑。

说实话，报名参加女子 1500 米长跑的同学寥寥无几，是所有项目中参赛人数最少的。因为 1500 米，这对女生来说，实在太长了。跑完之后……哎！能不能跑完还不知道呢。背地里，同学们都把女子 1500 米比赛称之为"长征"。

小樱桃之所以报名参加 1500 米长跑，并不是因为这项活动少有人问津，而是对自己做了全面分析之后，才做出的决定。"我跑得并不快，如果要报名参

加短跑和别人比速度的话，肯定要吃大亏的。我耐力很好，如果报名参加 1500 米长跑，说不定会以良好的耐力取胜。"

已经是 5 月中旬，天气时冷时热。前几天温度特别高，感觉就像是到了酷暑难耐的夏天，好多女生都穿上裙子了。但连续两场雨之后，天气又转凉了。就拿今天来说吧，风中夹杂着丝丝凉意。不过，幸好是这样的天气，否则，跑完 1500 米之后，肯定会中暑的。

在领取运动员号码的时候，小樱桃碰到了郝彩儿。

"看，郝彩儿！"陪伴小樱桃前来的花朵，指着不远处一身运动装的女生说，"不知道她是为自己领取号码，还是替别人？"

花朵是出了名的大嗓门，尽管她已经有所克制了，但声音依然很大。用这个分贝的声音说悄悄话，显然是不行的。

事实确实如此，郝彩儿听到有人提到她的名字，惊讶地转过头来。当她看到身后的小樱桃，像往常一样热情地打招呼。"嗨，小樱桃。你也参加了这次的田径比赛吗？"

"对呀。我参加的是女子 1500 米长跑。"小樱桃回答说。

"咱俩参加的是同一个项目耶，我参加的也是 1500 米长跑。"顿了顿，郝彩儿又说，"希望你跑出一个好成绩。"

"也祝福你。"说这句话时，小樱桃言不由衷。郝彩儿是她的竞争对手，她怎么会祝福郝彩儿呢？当然，小樱桃是个善良的孩子，也不会去诅咒别人的，包括完美的郝彩儿，她只是希望在长跑比赛中能够赢过郝彩儿。

"小樱桃，你之前那么努力地练习长跑，冠军非你莫属。比赛的时候，即使喊破喉咙，我们也会为你加油的。"花朵话里有话，语气充满了挑衅。说完，还得意地瞟了郝彩儿一眼。

气氛陷入尴尬中，虽然比赛尚未开始，但花朵已经摆出咄咄逼人的阵势。空气中隐隐约约透露出刺鼻的火药味。

第三章 和转学生成为朋友

虽然小樱桃一直把郝彩儿当作是竞争对手，但从未对任何人表明心迹，更不会公然挑明了。此时此刻，她感觉被戳穿了心事，不知道该如何收场。郝彩儿也很不自在，不知说什么来缓和气氛。幸好这时小樱桃得到了她参赛的号码，她对郝彩儿说了句"赛场上见"，就躲避瘟疫似的离开了。

在回来的路上，花朵哼起了欢快的歌。看来她心情大好，不知道是不是因为刚才将了郝彩儿一军。

"花朵，你不喜欢郝彩儿吗？"小樱桃问。

"其实，我和她几乎连话都没说过，更不会有什

么过节。可是，我就是不喜欢她，甚至是厌恶。如果一定要我说出一个原因的话，那就是她太完美了，容易让人心理失衡。"

花朵是嫉妒郝彩儿，嫉妒她的完美。"这一点儿和我一样。"小樱桃为找到一个"志同道合"的伙伴而窃喜。

过了好一会儿，花朵郑重其事地嘱咐小樱桃，"小樱桃，这次比赛，你一定要努力超过郝彩儿。她都那么完美了，如果就连长跑比赛都得冠军的话，那我们在她面前就更不值一提了。"

郝彩儿都已经那么完美了，就把长跑冠军的位置让出来吧！

女子 1500 米长跑比赛即将开始，所有的运动员在各自的跑道上做好了起跑准备。"啪——"发令枪一响，运动员们冲出了跑道。比赛正式开始了。

小樱桃和郝彩儿在相邻的两个跑道上。小樱桃不时用眼睛的余光瞟郝彩儿一眼。"郝彩儿跑到什么位置了？""她速度是快，是慢？""我们之间拉开多大的距离了？"……

说实话，小樱桃从未想过要获得这次长跑比赛的冠军，只要坚持跑完全程就心满意足。然而，在知道郝彩儿也参加了这项比赛后，她改变了主意——可以不是冠军，但一定要赢过郝彩儿。如果郝彩儿是第二名的话，那，对不起，小樱桃会努力争取冠军的。

"无论如何，我不能输给郝彩儿。"小樱桃在心里盘算着。她瞟了一眼郝彩儿，她仅落后几步。小樱桃产生了紧迫感，不自觉地加快了速度。

赛场下，四（3）班的拉拉队和四（2）班拉拉队展开了"加油比赛"。

"小樱桃，加油！"四（3）班拉拉队声音嘹亮。

"郝彩儿，加油！"四（2）班拉拉队声音更嘹亮。

"小樱桃，加油——加油！"四（3）班拉拉队连喊两声加油。

"郝彩儿——加油，加油——郝彩儿！"四（2）班拉拉队连喊两声加油后，还加上郝彩儿的名字。

太可恶了！花朵喉咙都快喊出血来了，可并没有在声音上盖过四（2）班拉拉队。一怒之下，她从体育老师那儿借来了唯一的喇叭，看他们怎么效仿？

"小樱桃，加油！"喇叭的威力果然非同凡响，就像是一枚炸弹在空中炸开似的，声音异常震撼。

赛场上，小樱桃听到了威力无比的呐喊声，感觉全身充满了力气。她扭头想确定郝彩儿现在的位置。嗯，人呢？她把头彻底转向了后面，发现已经把郝彩儿甩得很远了。郝彩儿似乎并不在意，仍然用只能称之为走的速度奔跑着。她两只手叉腰，气喘吁吁的，

看样子是筋疲力尽了。

一种前所未有的喜悦感袭上心头，身体的疲惫消失得一干二净。小樱桃又加快了奔跑的速度，她想把郝彩儿甩得更远。

就在小樱桃尽情奔跑的时候，突然身后传来巨大的响声，好像有人摔倒了。她停下来，转过头来一探究竟。

摔倒的人正是郝彩儿。几个四（2）班同学跑过来，搀扶着她走下跑道。

郝彩儿退出比赛了，小樱桃达到了预期的目标——赢了郝彩儿。也许太轻而易举了吧，始料未及，小樱桃丝毫不感到满足。相反，她惴惴不安，就像做了亏心事似的。

其他参赛选手一个个从小樱桃身边跑过。郝彩儿退场之后，她就失去了动力，沉浸在自己的世界里，甚至忘记了是在比赛。郝彩儿退出了，比赛还有什么意义呢？

"小樱桃，加油！"

小樱桃被这震天响的声音猛地惊醒了，顺着声音传来的方向，她看到花朵对着喇叭使劲为自己加油呢。比赛前，花朵曾郑重其事地嘱托小樱桃，让她一定超过郝彩儿。如今小樱桃做到了，为什么花朵还那么卖力地为她加油打气呢？

比赛的意义是什么？超越自己的竞争对手？如果比赛的意义仅在于此，那么在始料不及的情况下竞争对手中途退场，整场比赛是不是就失去了意义呢？

"加油，小樱桃！"不仅是花朵，四（3）班每个同学都在为小樱桃加油呐喊。

不，比赛的意义绝不仅仅是超过某个竞争对手，更多的是全力拼搏，挑战自我。拼搏！拼搏！！拼搏！！！

想清楚这些后，小樱桃开始全力奔跑。为了这次赛跑比赛，她几天前就在练习长跑。如果仅仅因为郝彩儿退出比赛，小樱桃就心不在焉的话，那么所有的练习不就白费了吗？

最后一圈冲刺，跑在小樱桃前面有三名同学，她排第四。"嗖！"一个身影从小樱桃身边呼啸而过，超过了她。看来后面的同学铆足劲，想要追赶上来。小樱桃也想要加快速度，但两条腿像灌了铅一样沉重，不听使唤。而且，口干舌燥的，嗓子都快冒火了。

坚持！坚持！小樱桃给自己加油鼓劲。她闭着眼睛，使劲跑呀跑。此时，她已经听不到任何声音了，只顾向前冲。

终于到达终点了。小樱桃模模糊糊地听见有人说"冠军"两个字，她已经没有力气询问谁获得了冠军。突然，眼前发黑，险些晕倒，幸好有同学扶住了她。

好久之后，小樱桃才感觉舒服一点儿，她缓缓地睁开眼睛。"小樱桃，恭喜你，你获得了女子 1500 米长跑比赛的冠军。"

真的吗？小樱桃显然有些不相信。不过，同学们的表情绝不像是在开玩笑。"我赢了。"小樱桃高兴地喊出声来。

对，她赢了，赢了郝彩儿，也赢得了这次比赛的冠军。那一刻，小樱桃流下了激动的泪水。

小·樱桃日记

"据我目测，你最后冲刺的速度都快赶上我了。简直太帅了，小·樱桃。"胡小·闹表情夸张地对我说。

这个家伙，表扬别人的时候，总能不忘顺便也称赞一下自己。

说实话，这个冠军是怎么得来的，我这个当事人一点儿也不清楚，甚至有些迷糊。我明明记得，有三个同学跑在我前面，有一位同学还从后面超过了我。怎么我还会获得冠军呢？

"原本有四个同学跑在你前面，你排第五。我们，不仅是咱们四（3）班同学，还有四（2）班同学，大家凑在一起为你加油。你好像从大家的加油呐喊中吸取了力量，猛地加快了速度，就像是一阵旋风，把跑在前面的同学一一超过了。"

很抱歉，那时候，我大脑都快罢工了，只知道机械地向前跑，听不到任何声音了。

花朵的眼睛在周围看了一圈，然后凑到我跟前，说："比赛的过程中，郝彩儿摔倒了，好像还挺严重的，胳膊都出血了。"

嗯？

花朵继续说："有人劝郝彩儿去医务室，可是，她却拒绝了，坚持留在操场上，好像特意留下来为某个人加油。在最后一圈比赛时，班上的同学大声为你加油，在没有人邀请的情况下，郝彩儿也主动为你加油，又蹦又跳，还很卖力呢。在她的带动下，四（2）班的其他同学也开始为你加油。"

原来是这样！可是，郝彩儿为什么要为我加油呢？我可是一直把她当作竞争对手的，比赛的时候，我还和她比着跑呢。

很快，我就见到郝彩儿了。她笑盈盈地对我说："恭喜你，小·樱桃。"

"谢谢。谢谢你，郝彩儿。"

"谢我什么？"

"谢谢你那么努力为我加油呀！"

"我当然会为你加油了，因为我们是朋友呀！"

于是，我很内疚。

#  4 小樱桃接受采访

如果说，在女子 1500 米长跑比赛中，郝彩儿特别卖力地为小樱桃加油，这让小樱桃大为意外的话，那么，接下来发生的这件事情，可以说是让她大吃一惊。

课间，郝彩儿突然走进四（3）班，找到小樱桃，十分诚恳地说："小樱桃，你可以帮我一个忙吗？"

发生了什么事儿，把郝彩儿急成这副模样。瞧，她的刘海都湿了，一绺一绺地贴在额头上。自从郝彩儿转到乐多多小学之后，小樱桃还是第一次看到她着急呢。

胡小闹自作多情，抢着回答："郝彩儿，你说吧，我肯定会帮助你的。"

哎，哎，每个人都要清楚自己的姓名，对不对？他是小樱桃吗？不是，他叫胡小闹。难道这种最基本的问题，还需要有人在耳边时时刻刻地提醒？

小樱桃狠狠白了胡小闹一眼，不对，是两眼。她先白胡小闹一眼，然后对郝彩儿说："我当然可以帮你了。我们不是朋友吗？"说完，她又得意地白了胡小闹一眼。

"我们是朋友。"女子 1500 米长跑比赛结束后，

小樱桃问郝彩儿为什么给自己加油时，郝彩儿就是这么说的。所以，小樱桃也这么告诉她。

"谢谢你，小樱桃。"郝彩儿如释重负地长舒一口气，紧接着说出了自己所遇到的问题，"小樱桃，我个人想请你谈谈获得女子长跑冠军的秘诀和感受。"

就这件事吗？看郝彩儿刚才急得团团转的样子，小樱桃以为什么大事，还决心牺牲一番呢，看来完全没有这个必要。

郝彩儿又强调了一次，"这次采访，我仅代表我个人，不代表校报小记者。"

这有区别吗？在小樱桃看来完全是一样的。

细问之下，小樱桃才知道，之前，郝彩儿吃了两次闭门羹，所以才会着急的。那两位同学听说要接受采访，都特别高兴。但得知这次郝彩儿仅代表个人，并不代表校报小记者采访，也就是说，采访内容不会出现在校报上，就都失去了兴趣，推说有事拒绝了采访。

采访正式开始了。

郝彩儿提问的第一个问题是，"请问，获得女子长跑冠军，有什么秘诀吗？"

胡小闹又不甘寂寞了。他说："要说小樱桃能获得长跑冠军，这里有我一半的功劳呢。她总是用武力威胁我，要我陪着她跑步。跑步累，这谁不知道呀！但为了提高她的奔跑速度，我还是牺牲了个人的利益……"

胡小闹可真会颠倒黑白，如果不是他招惹小樱桃，小樱桃又怎么会追着要打他呢？如今，他却把这说成是帮助小樱桃提高速度，简直是厚颜无耻到了巅峰。太无耻了！太可恶了！太……

"胡小闹，闭嘴！"小樱桃怒气冲冲地喝令胡小闹。

"嘴长在我脸上，我有百分之一百的权利决定是否要闭嘴。虽然你是班长，但也不能越权限制我作为自由人讲话的权利。"

"但也请你尊重客观事实。"

"嘴是我的，我有百分之一百的权利决定说什么，就像决定是否要闭嘴，你无权干涉。"

胡小闹最大的本事就是强词夺理，小樱桃懒得和他争辩，她举起手要打胡小闹。不过，在小樱桃刚扬起手那一刻，胡小闹已经抱头鼠窜。跑到安全地带后，他还不忘大声对郝彩儿说："我说的没错吧，郝彩儿。"

小樱桃的肺都快被胡小闹气炸了，她呼呼喘着粗气，似乎要把对胡小闹的怨气通过鼻孔喷出来。

郝彩儿一脸惊讶地看着小樱桃，似乎从没有见到过类似的情景。

沉默了几分钟之后，郝彩儿继续采访。她问小樱桃："得知自己获得冠军后，你有什么感想？"

等等，第一个问题小樱桃不是还没回答吗？怎么就开始第二个问题了呢？小樱桃糊涂了，就连担当记者的郝彩儿也糊涂了。

感想？这小樱桃可要好好思考一番。就在她思考之际，背后传来这样一个声音，"感谢同桌胡小闹，如果没有他的帮助，我也许就不会获得冠军……"

又是胡小闹！他还真是"阴魂不散"呀！

小樱桃恨得咬牙切齿。胡小闹肯定是故意的，故意惹她生气的。"如果我真的生气，不就正中他的诡计了吗？"小樱桃努力克制心中的怒气，对郝彩儿说："郝彩儿，这总有不怀好意的人打扰我们，我们去女厕所采访吧！"说完，她拉着郝彩儿神气地走出了教室。

"咣咣！"身后传来胡小闹擂桌子的声音。小樱桃甚至可以想象他那张因为愤怒而接近变形的脸。

郝彩儿在女厕所里完成了对小樱桃的采访。结束后，为了表示郑重，她握住小樱桃的右手说："谢谢你的配合，小樱桃。祝你今后在更多的比赛中都获得冠军。"

郝彩儿口中的"更多的比赛"，是不是也包括考试呢？小樱桃直直地看着郝彩儿的眼睛，"这是真——心——话吗？"厕所里人来人往，时不时传来"哗哗"的流水声。为了不被周围的嘈杂声所埋没，小樱桃故意一字一顿，说得清清楚楚。很显然，郝彩儿听到了，并因此而感到意外，虽然面部表情很平

静，但却一直抓着小樱桃，忘记了松开。其他人听到没有，小樱桃就不得而知了。不过，来这种地方，谁会特别留意别人说了些什么呢？

有人进了厕所，解决完问题又离开了，小樱桃和郝彩儿却一直保持着握手的姿势。从此经过的同学不禁好奇，她们俩这是在干什么？

突然，小樱桃很懊恼，有谁会问这种冒失的问题呢？刚才不知道怎么回事，一不留神，问题就脱口而出了。懊恼又有什么用呢？说出去的话就像泼出去的水，是收不回去的。

小樱桃调动所有的脑细胞，想办法弥补这个冒失的问题。有了，就跟郝彩儿说只是开玩笑的，让她别当真。小樱桃刚张开嘴巴，还没发出任何声音。郝彩儿那轻柔的声音传入耳际，"这是我的真——心——话。"她看着小樱桃的眼睛，一字一顿地回答。

见小樱桃没反应，郝彩儿又说："我可以发誓。"她举起右手，发誓说："如果我说的是假话，就……就……哗哗……就让所有的厕所都阻塞好了。"

如果所有的厕所都阻塞了，那厕所里还不变得臭气熏天呀！恐怕就连走廊、教室都难逃一劫。亏郝彩儿想得出来。

小樱桃笑了。

郝彩儿也笑了。

小·樱桃日记

校园里又有传闻了，还是关于郝彩儿的。

"在女子1500米长跑比赛中，郝彩儿不幸跌倒，胳膊都摔伤了。可是，她却拒绝去医务室，留在现场为一位同学加油。在她卖力地加油鼓励下，那位同学被感动了，获得了长跑冠军。"

当听花朵向我转述这条传闻时，我简直哭笑不得。获得长跑冠军的是我小·樱桃，我的名字只被"一位同学"代替了。而且，似乎之所以会获得冠军，郝彩儿比我本人功劳更大?!

这严重扭曲了事实真相。然而，即便如此，又能怎样呢?难道我要一个个跟那些同学解释，"能够获得长跑冠军，是我个人的努力，与郝彩儿无关。还有，我从来没要求过她为我加油，更没有让她带伤为我加油，这一切都是她自愿的!"

这话怎么能说呢?说出来会伤人的，就像我质疑郝彩儿对我的祝福是真是假一样。事实上，她也确实像朋友那样为我加油了呀！

这条传闻最先从哪位同学嘴里出来的呢？我真想当面质问他一下，你凭什么这么说。我都有些生气了，气郝彩儿，为什么我付出了那么多汗水，功劳却被她霸占了呢？可是，我知道，我不能生郝彩儿的气，传闻并不是她捏造的。可是，可是，我还是有点忍不住……

哎！怎么办呢？为什么会这样？

小樱桃矛盾极了。

实不相瞒，她是嫉妒郝彩儿的，嫉妒她的完美，嫉妒她在语文小测中获得了年级第一，嫉妒她总是那么招人喜欢……

但理智告诉小樱桃，她不该嫉妒郝彩儿的，因为她们是朋友。长跑比赛中，郝彩儿那么卖力地为小樱桃加油；就连小樱桃问出"你对我的祝福是真的吗"这种没有礼貌的问题，郝彩儿都没怪罪她。小樱桃又怎么能嫉妒她？怎么好意思嫉妒她呢？

内心的这种矛盾时时刻刻纠缠着小樱桃，让她坐立难安，心情也变得异常烦躁。事实上，她是嫉妒郝彩儿的，但又因为自己的这份嫉妒而深深自责，甚至于痛恨自己。怎么办？她好想找一个人敞开心扉诉说心里话。能够倾听小樱桃心声的那个人又在哪里？

思悦？黄蓉？她们是小樱桃最要好的朋友。

不，不，小樱桃坚决摇摇头。至于原因嘛，她也说不出来，只是觉得她们俩不合适。或许，这是女生

的天性吧。对于女生来说，有些事情，即便是最亲密的好朋友，也不能分享的。

遇到这种情况，很多孩子都会想到一个共同的倾诉对象——知心阿姨，写信向她倾诉。

"知心阿姨"就是小樱桃的妈妈呀！她认识女儿的笔迹，并熟悉得不得了。也许你会说，她每天收到那么多封信，都忙晕了，怎么还会辨认出小樱桃的字迹呢？

千万不能有这种侥幸心理。记得有一次，长安模仿班主任的笔迹，给自己以及"难兄难弟"写学期末评语。他模仿得像极了，到了以假乱真的地步，简直就像是班主任亲笔书写。结果呢？那些"难兄难弟"都蒙混过关了，唯独长安例外。他老爸把伪造的学期末评语拿在手里，抖得刷刷作响，生气地说："我是你老子，休想骗过我。"

家长对子女独具慧眼的功力可不容小觑！妈妈也肯定能够在众多信件中，一眼辨认出女儿小樱桃的字迹，"咦？这封信不会是小樱桃写的吧？"

很多同学羡慕小樱桃有个被称为是"知心阿姨"的妈妈，可是，只有小樱桃自己清楚，"知心阿姨"就是妈妈，妈妈就是"知心阿姨"，这可不是多么划算的一件事。例如，有些事情如果想隐瞒妈妈，就不能对"知心阿姨"吐露心声了。如今，小樱桃就面临着这样的困境。如果妈妈知道自己的女儿嫉妒别的孩子，她会作何感想呢？

妈妈也真是的，她在选择这份职业的时候，有没有为小樱桃考虑过呢？"我的女儿竟然嫉妒别的孩子?！天啊！"小樱桃甚至可以想象妈妈看到那熟悉的字迹，吃惊得眼珠都快瞪出来的样子。与其这样，倒不如面对面向妈妈倾诉。

面对面向妈妈倾诉？小樱桃被自己这个大胆的想法吓了一跳。妈妈一向以小樱桃这个女儿自豪的，知道这些后，会不会对她失望呢？可是，她再也找不到比妈妈更合适的倾诉对象了，因为妈妈不仅倾听她的心声，还可以为她指点迷津。

怎么办呢？想来想去，小樱桃决定只请妈妈指点迷津，不向她透露心声，这样妈妈就不会对引以为傲的女儿失望了。

于是，小樱桃和妈妈之间就有了这样的对话：

"妈妈，你嫉妒过别人吗？"

"怎么突然问这种问题？"

"妈妈，别问我原因好吗？我只是想知道答案。"

"嫉妒过。"

就连妈妈都嫉妒过别人，小樱桃真不敢相信这是事实。妈妈一直负责解决别人的困惑，被称之为"知心阿姨"，她竟然也嫉妒过别人?！

　　见小樱桃若有所思，妈妈淡淡一笑，继续说："其实，我们每个人或多或少都会嫉妒别人。所不同的是，有些人将对他人的嫉妒转化为自身努力的动力，而有些人只是一味嫉妒别人，在背后诋毁他，甚至做出其他更过分的事情，害人害己。"

　　为了让小樱桃更加明白，妈妈还讲了这样一个故事：

　　有一个人非常嫉妒他的邻居。他的邻居越是高兴，他越是不高兴；他邻居的生活过得越好，他越是不痛快；他每天都希望邻居倒霉……

　　然而，每当他看到邻居时，邻居总是活得好好的，并且微笑着和他打招呼，他就更加不痛快，恨不得往邻居的院里扔包炸药，把邻居炸死，但又怕偿还人命。

　　就这样，这个人每天折磨自己，身体日渐消瘦，胸中就像堵了一块石头，吃不下也睡不着。

　　有一天，他遇到了上帝。上帝说："现在我可以满足你一个愿望——无论这个愿望是什么，但前提是你的邻居会得到双份的报酬。"

　　这个人高兴不已。但细心一想：如果我得到一份田产，我邻居就会得到两份田产了；如果我要一箱金子，那邻居就会得到两箱金子了……想来想去，他也不知道提出什么愿望才好，因为他实在不甘心被邻居白占便宜。最后，他一咬牙，对上帝说：

"哎，你挖我一只眼珠吧。"

"这个人可真够傻的！"小樱桃情不自禁喊出声来。

是呀！故事中的主人公确实够傻的，上帝将满足他任何一个愿望，这是多么千载难逢的机会呀！然而，仅仅因为不希望邻居得到双份的报酬，他却请求上帝挖掉自己的一只眼珠！本来一件好事，却因此变成了坏事。

不知道，这个人在向上帝提出自己愿望的时候，是否想到挖去一只眼睛之后，他就只有一只眼睛了。或许，他只想到从今以后，邻居将失去两只眼睛，彻底看不到光明。

嫉妒太可怕了，竟然让人变得如此残忍，不计后果。难怪有人说它是心灵上的毒瘤！

妈妈继续说："嫉妒是拿别人的优点来折磨自己。其实，我们每个人都是不完美的，都有优点和缺点……"

妈妈说了很多很多，但小樱桃只记住了这一句，"每个人都是不完美的"。是不是郝彩儿也并不是那么完美，是不是小樱桃在有些方面比郝彩儿做得好呢？这些方面在哪呢？

如果有一天，我会遇到上帝。他对我说："小·樱桃，现在我可以满足你一个愿望——无论这个愿望是什么，但前提是郝彩儿会得到双份的报酬。"

如果真有这么一天，我会对上帝提出什么要求呢？

让上帝把我变聪明，那郝彩儿会变聪明两倍；让上帝保佑我每次考试都得全年级第一名，郝彩儿得到双份的报酬，那就是每次考试她会获得全市第一。与全市第一相比，全年级第一又算得了什么呢？

我怎么变得和故事的主人公一样了呢？不希望郝彩儿平白无故得到双份报酬。即便如此，我也不会傻到向上帝请求，"请挖掉我一只眼珠吧！"即使郝彩儿会因此失去两只眼珠，我也不会提出这样过分的请求的。

我会请上帝满足我什么愿望呢？算了，世界上根本就没有上帝，指望他老人家把我变聪明，保佑我每次考试都得年级第一名，根本就是无稽之谈。或许通过自己努力倒还有一线希望。

妈妈说，嫉妒是拿别人的优点折磨自己。她还说，每个人都不完美，都有优点和缺点。

妈妈从不骗人的，更不会骗我，我相信她的话，相信郝彩儿并不是那么完美，虽然我还未发现郝彩儿不完美的地方，但我相信那一天很快就会到来。

第四章

## 她真的那么完美吗

## ⭐1 数学测试

预备铃奏响之后，同学们回到各自的座位上坐好，原本吵闹的教室安静了下来。已经进入 6 月份，所有的科目都已经教授完毕，进入了期末总复习阶段。不同老师的复习方式是不一样的：有的老师喜欢简单地把所有的知识点串一遍；有的老师则喜欢把容易出错的题揪出来，作为复习重点……

这节是数学课，老师会以哪种方式复习呢？小樱桃拿出课本，随意地翻翻看看。

教室的门从外面被推开了，老师抱着一沓试卷走进了教室。"同学们，这节课我们进行数学测试，请把书桌上的课本收起来。"

啊？怎么说考试就考试呢？老师也真是的，经常搞突然袭击，也不提前通知一声，好让大家有个心理准备。

同学们虽心有怨言，但还是按照老师说的，乖乖地把课本收起来，乖乖地开始答卷。

这次的数学测试题可真难呀！尤其是最后一道关于路程的应用题，同学们都不知道从哪下手。而且，这道应用题分值比例很大，整整 10 分呢。考试结束后，同学们怨声载道。

两天之后，数学测试的成绩出来了。看着走来走去分发试卷的同学，小樱桃紧张得心怦怦直跳。实不相瞒，最后一道关于路程的问题，小樱桃虽然计算出了最后结果，但不是很有把握做对。所以，她对这次的成绩比较担忧。

试卷发到小樱桃手里了，她紧张地闭上了眼睛，不敢看上面的分数。

"哼！"胡小闹的目光朝小樱桃这边瞟了一眼，重重哼了一声。

胡小闹哼什么哼，难道小樱桃这次成绩很糟糕？小樱桃眉心打了个结，小心地把眼睛睁开一条缝儿。100！试卷的卷头上写着鲜红的"100"。小樱桃高兴地把眼睛完全张开，一脸兴奋地浏览画满"√"的试卷。她这一高兴，也忘记追究胡小闹谎报军情的责任。

数学课上，老师说："这次数学测试是难了点，全

年级只有一位满分的同学，很多同学成绩都不理想，希望大家不要气馁……"

全年级只有一个满分的同学，这位同学就是小樱桃，说明她又是全年级第一名咯。

是的，这次数学小测中，小樱桃是全年级第一名。对其他同学而言，这不足以为奇，以前——郝彩儿出现之前，适逢考试，小樱桃肯定会毫不留情地把年级第一的位置收入囊中。所不同的是，这次小樱桃特别激动、珍惜，有种失而复得的感觉。这种感觉是不是来自超越郝彩儿呢？小樱桃自己也说不清楚。

郝彩儿？你问郝彩儿是第几名。她不是全年级第二名，也不是全年级第三名，确切是第几名，我也不清楚了。只能这么告诉你，她的数学成绩远不像语文成绩优秀。

"小樱桃，听说你这次数学测试得了满分，可真了不起，恭喜你哦。"放学遇到小樱桃的时候，郝彩儿一脸羡慕地称赞道。看来，她已经很清楚地知道，小樱桃是这次数学测试的全年级第一名。

对于类似的夸奖，很多人会谦虚，或者客气地说："哪里，只是碰巧所有题目我都做对了而已。"可是，小樱桃不想这么说，尤其对面站着的不是别人，恰恰是郝彩儿——最强劲的竞争对手，她就更不想这么说了。况且，她也确实是通过努力才获得的数学测试第一名。

"真了不起"，郝彩儿的这句话，让小樱桃很受用。她笑了。那些自己是多么努力的话，到了嘴边，又硬生生地被咽下去了，因为那听起来太像是诉苦了，她不想说。

郝彩儿自顾自地说："与你相比，我可就惨了，只得了 87 分，错了一道填空题和一道应用题。试卷发下来之后，我又仔细地看了一遍错题。那道填空题是马虎出错的。那道应用题，就是最后那道路程问题，似乎也变得不那么复杂了，我一下子就解出来了。其实，我也有希望得满分的。"

小樱桃的好心情被这几句话冲淡了，并迅速消失得无影无踪，就像是被二尺高的海浪吞噬的沙滩。"什么叫'也有希望得满分'？没有得满分就没得，说这些又算是什么英雄。"当然，这些话小樱桃也只是在心里小声嘀咕给自己听，不会说出来的。

虽然，彼此是朋友，可是，小樱桃觉得，郝彩儿这个朋友，不比思悦、黄蓉等朋友，和她们可以畅所欲言，无话不说，但和郝彩儿不可以，而且还会对她说的话倍加留心呢。小樱桃也说不出具体是什么原因。不知道，郝彩儿可否有这种感觉。

郝彩儿没有注意到小樱桃的这种变化，继续说："我相信，下次考试时这种情况就不会出现了。那时

候，你可要小心哦，说不定我会超过你呢。"

已经步入 6 月份，眼看着期末考试就要临近了——按照惯例，是 6 月末，这不正是一个比试较量的机会吗？

"接下来的期末考试，我们比试一番，看看年级第一的位置究竟会花落谁家。"郝彩儿说。原来她对年级第一的位置虎视眈眈着呢。

"好呀!"小樱桃脱口而出，想都没想就答应了。这当然是好了，与其暗中较劲，倒不如公开挑明要进行一次比赛。

就这样，小樱桃和郝彩儿约定，期末考试时，看谁能取得更好的成绩。

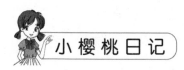

小樱桃日记

郝彩儿竟然向我发出口头挑战，期末考试时，看看我们谁能获得年级第一的位置。

我当然答应了，难道我小·樱桃怕她郝彩儿不成？其实，即使郝彩儿不说，我也会把她当成竞争对手的。语文测试中，她是全年级第一名；数学测试，我是全年级第一名；期末考试，看看谁又能得到年级第一名的位置。

起初，得知郝彩儿数学只有 87 分时，我还以为她语文优秀，数学平平呢。没想到，她居然不承认，说自己很有希望得满分的。看来，这个对手不容小觑。

如果当初知道郝彩儿语文测试是全年级第一名，我也像郝彩儿今天这样，先是恭喜她，然后对她说："我们比比看接下来的考试，谁能够得到年级第一名的位置。"结果又会怎样呢？如果是这样的话，那天回到家后，听到妈妈说我的成绩"还可以"，会不会冲她发火呢？我想就不会了吧。

我会加倍努力学习，不让郝彩儿超过我，不给她这样的机会。

## ⭐ 2 囧事大比拼

　　每天都只是复习，复习，复习，同学们都厌倦到了极点。可是，又有什么办法呢？如果不好好复习，期末考试成绩就会一塌糊涂。有哪个同学可以拍着胸脯信誓旦旦地说"爱咋地咋地，我才不在乎呢"？

　　恐怕没有一个同学会这么做吧。不过，这也并不代表大家会因此爱上枯燥的复习。同学们对复习的厌倦情绪就像是 6 月的气温，每天都增加一点。终于，四（3）班的同学再也不能忍受了，他们要给枯燥的复习增加点调味品。

　　"老师，请问'劳逸结合'这个词语作何解释。"语文课堂上，胡小闹突然提出了这样一个毫无边际的问题。

　　所有的眼睛都聚集在了班主任身上，做出洗耳恭听状。还有几个同学捂嘴窃笑。四年级的学生已经可以熟练地查字典，怎么……

　　这是一个"计谋"！是……是四（3）班全体同学集体智慧的结晶。（那位同学不愿意透露自己的姓名，无私把这份荣誉分担给了班上的每一位同学。）

如果不出差错的话，班主任会给出与字典上一字不差的答案：工作与休息相结合。而且，极有可能再补充这样一句：对于学生而言，劳逸结合则是学习与休息相结合。

如果是这样的话，同学们可以理直气壮地说，"老师，进入复习阶段，我们一直不停地复习、复习，不知是否可以'劳逸结合'呢。"

这个时候，老师已经意识到刚才的问题只是个诱饵，但为时已晚。

当然，同学们不会趁机提出过分的要求，只是希望——可以抽出一节自习课的时间，开展一次有意思的活动。

然而，事情并未按照同学们的计划发展。

别看老师眼睛不大，还近视，但这丝毫不妨碍他明察秋毫。他一眼看穿了整个"阴谋"，得意地说："请把与这个问题相关联的问题也说出来，我一并作答。"

表达虽隐晦，但意思很明显，让同学们直截了当地说出他们的真实想法。

费尽心思设置的阴谋竟然这么快就败露了，同学们气急败坏，但又无可奈何。他们软弱无力地瘫坐在座位上，像足了泄了气的皮球。

怎么办呢？还要不要提出那个请求呢？在大家犹

豫不决之际，班长小樱桃站起来，说："老师，总是这么复习，大家都觉疲劳。所以就想……想，利用一节自习课的时间，开展一个有意思的活动，放松一下。"

意外的是，班主任居然爽快地答应了，但前提条件是——"活动的形式必须要新颖。否则，将取消活动的资格。"

新颖？这难不倒四（3）班的同学。这不，就有人提议说要进行"囧事大比拼"。以往，站在讲台上都是讲自豪的事情，这次却是要讲囧事，确实比较新鲜。而且，谁讲的囧事最新鲜，赢得的笑声最多，则获胜。反之，为输。

黑板上规规矩矩地写着五个大字——囧事大比拼。活动马上就要开始了，因为激动，同学们脸上泛着红光。

郝彩儿搬着椅子进来了。咦？她怎么会来呢？难道是作为校报记者来旁听的？小樱桃很好奇。郝彩儿抬起头，正好与小樱桃的目光相撞。一时间，四目相对，她嫣然一笑，算是打过招呼。

就像"感悟母爱，感恩母亲"主题会那次，班上的男生主动给郝彩儿让座，但都被她拒绝了，她执着地坐在了教室的角落。

一切准备就绪，"囧事大比拼"开始了。第一个登上讲台的是胡小闹，难道是郝彩儿在场的缘故？这小樱桃就不清楚了。

胡小闹讲的囧事是这样的：

"有一天，我在学校操场上看到一个胖男生蹲在地上系鞋带，以为是长安呢，于是就萌发恶作剧的念头。我走上去给了他一拳，他身子往前一倾，扑到了地上。胖男生莫名其妙地抬起头，结果我发现我打错了人，一溜烟就跑了。"

认错人的事情每天都有可能发生，有什么新鲜的呢？瞧，讲台上胡小闹那副得意的样子，还以为自己讲了一件独特到无法复制的事情呢。其实呢，根本就不值得一提。

同学们并不买账，一个个板着脸，像个严厉的法官。他们要格外地珍惜自己的笑声和掌声，因为比赛的胜负是通过它们判断的。"哈哈。"长安夸张地大笑，还使劲拍桌子。是因为胡小闹是他的死党，所以才这么卖力地笑呢？还是因为胡小闹那一拳没落在自己身上呢？大家就不得而知了。不过，毫无例外，大家鄙夷的目光向长安杀过去。终于，他识趣地闭上了嘴。

小樱桃讲的是"吹"电扇的故事，那是她小时候的一件事情。

一个星期天的上午，她在外面玩儿，弄得满头大汗。一回到家，就对妈妈说："哎呀，妈妈，不好了，

我都快热死了，快帮我想个办法，让我凉快凉快。"
妈妈从厨房走出来，说："热了就去'吹'风扇。" 由
于当时小樱桃年龄还小，以为"吹"风扇是用嘴吹。
于是，她跑到风扇前，对着风扇使劲儿地吹。可是，
根本就不凉快。她站在风扇前，转着小眼珠，猛然间
恍然大悟，肯定是因为自己个儿太矮了。于是，小樱
桃马上找来一个小板凳，站在那上面又用尽力气吹。
然而，她却感觉越来越热，豆大的汗珠从额头上落下
来。这时，妈妈正好从厨房出来，看到小樱桃站在板
凳上，噘着嘴吹电扇的样子，先是大吃一惊，然后就
哈哈大笑。她走过来，一按风扇开关，阵阵凉风向小
樱桃吹来……

　　当时小樱桃年龄小，不记得这回事，是母亲节那
天听妈妈说的。当时，小樱桃笑得都快喘不上气来
了。在讲述的过程中，她有几次也忍不住"嘿嘿"笑
起来了。

　　小樱桃学习成绩这么棒，还以为她小时候肯定也
特别聪明呢，没想到也做过这等蠢事！班上的同学比
赛似的大笑。小樱桃一点都不觉得难为情，因为这次
活动获得笑声最多者获胜。

　　其他同学们争相讲自己的囧事，而且唯恐自己讲
得不够特别，还有夸大的成分呢。四（3）班教室时不
时爆发出一阵笑声，别的班级的同学肯定特别奇怪：

都快要期末考试了，他们怎么还能笑得如此开心呢？

　　活动最后，有人提议让郝彩儿也讲一件自己的囧事。这个提议刚一出口，就获得了所有同学的认同。"郝彩——儿，郝彩——儿。"他们一边鼓掌，一边大声喊郝彩儿的名字。

　　遇到这种情况，谁又好意思拒绝呢？郝彩儿答应了，开始讲自己的囧事。

　　在大家眼里，郝彩儿是一个完美女生，完美到无可挑剔的程度。在她身上，又会有什么囧事发生呢？每一位同学都睁大眼睛，身体微微前倾，做出侧耳倾

听状。

郝彩儿讲的是几天前那次田径比赛的事儿。

"本来我是不擅长跑步的，稍稍跑上短短一段距离就会气喘吁吁。然而，田径比赛时，我不仅报名参加了，还选的是女子 1500 米长跑。结果，不到半圈，我就感觉快要窒息了，就像刚刚跑完马拉松。事实上，还不到半圈呢。怎么办呢？如果直接退出比赛的话，肯定会被大家笑话的。如果坚持下去……可我真的没有一丁点儿的力气了。就在这时，我发现自己左脚上趴着一只好多腿的蜈蚣。蜈蚣？那种黑乎乎的动物，好可怕呀！我眼前一黑，跌倒在地上。"

郝彩儿讲的这件事好笑吗？小樱桃并不觉得。可能因为她不是本班学生的缘故，大家卖力地大笑，给足了她面子。尤其是那些男生，笑得格外过分。

郝彩儿竟然不擅长跑步。记得一次下午放学后，郝彩儿叫住前面的小樱桃。当时两人相距不到一百米，就跑这么短短一段距离，她就气喘吁吁的。看来，她是很不擅长跑步，而且她还害怕蜈蚣。因为这两点新发现，小樱桃格外兴奋。

"原来郝彩儿并不是那么完美呀！"小樱桃在心里大声呼喊。

# 小·樱桃日记

　　在这次囧事大比拼的活动中，获胜的同学当然是我小·樱桃了。除了我之外，无论是谁，都没有过"吹"电扇的经历。至于输的同学嘛，是我的同桌胡小·闹。他讲的囧事一点都不特别，还洋洋得意的，这让我说他什么好呢？

　　我并没有因此而沾沾自喜，可是，胡小·闹却说我骄傲了。天地良心，谁会因为赢得了这样活动的冠军而骄傲呢？再说，临近期末考试，我有更大的目标——和郝彩儿比试一番，看看谁能够获得年级第一的位置，哪还有闲心骄傲呢？然而，不管我怎么解释，胡小·闹就是不相信。这也不难理解，获胜的是我小·樱桃，而不是他胡小·闹，他肯定是嫉妒我了。算了，我也就不和他争论了。

　　然而，我的忍让并未换来胡小·闹的适可而止，他反而变本加厉了，说了一些"沉默等于默认"之类的毫无根据的话。

　　"小·樱桃，你知道郝彩儿为什么会参加我们班的这次活动吗？"见我不理会他，胡小·闹阴阳怪气地问我。

临近期末考试，每一分每一秒的时间都特别宝贵，况且，郝彩儿还要和我比成绩呢，怎么还会参加我们班的活动呢？难道她根本没有把和我的比赛放在眼里？还是……

"哈，不知道吧，我来告诉你。"胡小·闹得意地扬扬下巴，"是我亲自出面请她来的。"

这不明摆着的吗，他这副得意的样子已经说明了这些。可是，我想知道的是，胡小·闹用什么理由说服郝彩儿来的。

"郝彩儿之所以会答应，是因为我和她说，我们班的班长小·樱桃把你当作是最大竞争对手，唯恐你这次期末考试成绩超过她。想想看，如果我们班开展活动，而你却利用自习课时间学习，这让她心理不平衡呀！所以，她说只有邀请到郝彩儿，才能开展这次活动……"

天呀！我什么时候说过这样的话？胡小·闹是在歪曲事实。

"胡——小——闹！"我随手抓起一本书，打算好好教训这个胡说八道的同桌。然而，人呢？他正在门口朝我做鬼脸呢。

可恶！可恶!! 可恶!!!

我发誓，期末考试之前，我再也不和胡小·闹说话了。

#  3  到郝彩儿家参观

今天是星期六，学校不上课，小樱桃却像往常一样背着书包从家里出来。嗯？这是……原来，她是要去一位同学家复习功课，这位同学就是郝彩儿。

"小樱桃，我可以邀请你到我家去吗？"郝彩儿看着对面的小樱桃，眼神里充满了请求。

小樱桃看着郝彩儿。她确实很漂亮，五官精致，尤其是那双眼睛，似乎会说话。怎么忍心拒绝这双漂亮的眼睛呢，不，不可以。"好呀。"小樱桃爽快地答应了，"我们可以一起复习，遇到问题还可以相互商量。"

"那我们说定了，星期六，你去我家复习功课。"郝彩儿眼睛一下亮了，仿佛有快乐的精灵在那儿跳动。

当时，不应该急于答应，而是先问个清楚明白就好了。例如，都有谁收到了邀请，为什么要邀请大家，生日聚会，还是其他原因……小樱桃一边寻找郝彩儿的住所，一边思索着。

是呀，毫无征兆，郝彩儿为什么会邀请小樱桃到她家呢？在想明白这个问题之前，小樱桃已经站在了

郝彩儿家门前，并且按响了门铃。

开门的是郝彩儿。她笑盈盈地对站在门外的小樱桃说："欢迎，请进——"

就像其他所有人的家里一样，郝彩儿家收拾得干净、整洁。只不过，小樱桃觉得缺少了些什么，她问郝彩儿，"其他人呢?"

"已经都在这里啦!"郝彩儿饶有兴趣地双手抱怀，似乎正在考验小樱桃。

小樱桃看了一眼空荡荡的客厅，其他人，都在这里了。难道……原来郝彩儿只邀请了小樱桃一个呀!不过，为什么呢?

这时，一个女人从里面的房间里走了出来，她头发梳得一丝不苟，五官精致，衣着得体。这应该是郝彩儿的妈妈吧，郝彩儿眉宇间和她很像。

郝彩儿介绍说："妈妈，这是小樱桃。小樱桃，这是我妈妈。"

"阿姨好。"小樱桃乖巧地说。

"小樱桃好。经常听彩儿提起你，今天终于见到你本人了。"郝妈妈亲切地拍了小樱桃一下。

郝彩儿经常在她妈妈面前提起自己?这让小樱桃很意外，也很好奇，她会和妈妈说些什么呢?小樱桃疑惑地看着郝彩儿，郝彩儿神秘地眨了一下眼睛。

郝妈妈似乎看出了小樱桃的好奇，解惑说："彩儿说，小樱桃学习好，孝敬父母，还很有自己的想法。她还说，要向你学习呢。由于我们▉▉常调动，我这个女儿……"

"妈妈！"郝▉▉▉▉▉▉▉▉▉要再继续说下▉▉

"好好，▉▉▉▉▉▉▉▉▉▉▉▉▉的看着郝彩儿。转头，▉▉▉▉▉▉说，"我这个女儿呀……"

郝彩儿拉着小樱桃赶紧逃离现场。

郝彩儿房间的书桌很大，两个人用绰绰有余。除了书本外，桌子上还摆放着葡萄、桃子等水果，是郝妈妈刚刚洗净端过来的。

郝彩儿正在复习英语，偶尔轻轻从嘴里蹦出一两个单词。小樱桃却怎么也专心不起来，"彩儿经常提起你……她说要向你学习呢。"郝妈妈的这几句话在小樱桃大脑里盘旋，挥之不去。

郝彩儿说要向小樱桃学习？这是真的吗？小樱桃可一直都很嫉妒她哩，有什么地方值得郝彩儿学习呢？会不会，其实，郝彩儿也一直很嫉妒小樱桃呢？就像小樱桃嫉妒她那样。

"嘿嘿。"小樱桃笑出声来。声音虽不大，但在这个安静的房间内，却显得很突兀。

郝彩儿从课本中抬起头，疑惑地看着小樱桃，那

眼神好像在说"发生了什么好笑的事情了，怎么我不知道呢?"

小樱桃只是摇摇头，不肯解释自己为什么会发笑。

小樱桃越是不肯说，郝彩儿越发好奇。"说不说?说不说?"她咯吱小樱桃，企图用这种方法使她屈服。然而，无论郝彩儿如何威逼利诱，小樱桃就是不肯说。

打闹了一会儿，两个女孩都累了。她们停下来，靠在椅背上喘着粗气。突然，小樱桃把头转向郝彩儿，看着那双美丽的眼睛，一本正经地说:"郝彩儿，其实，我特别羡慕你。"

"羡慕我?羡慕我什么?"

"羡慕你长得漂亮，羡慕你学习好，羡慕你脾气好，所有的同学都喜欢你……"虽然自从郝彩儿来到乐多多小学，小樱桃就已开始羡慕她了，但面对面表达还是头一次。

人人都喜欢被夸奖，完美女生郝彩儿也不例外的。她两眼放光地看着小樱桃，欣喜地接受着她的表扬。

"你身上值得羡慕的地方很多，背后大家都称呼你'完美女生'，意思是无可挑剔。对了，我最羡慕你的地方，就是——"因为想到最为关键的一点，小

樱桃激动得差点儿从椅子上跳起来。

郝彩儿两只眼睛睁得大大的，她很想知道自己哪一点儿最值得小樱桃——这个可以学习的榜样——羡慕。

"你在很多城市生活过。在那么多城市都生活过，转过那么多次学，这样的经历可不是人人都有的。我们班每个人都羡慕你能有这样的经历。"小樱桃蛮有把握地说。

郝彩儿眼神变得黯淡无光，长而密的睫毛垂下来。

难道她不喜欢这份经历吗？怎么突然不高兴了呢？"这个女生可真不知道知足。"小樱桃偷偷这么评价郝彩儿。

小樱桃日记

郝彩儿为什么会邀请我去她家呢？直到现在，我仍然不知道答案。其实，我是想找个机会问问，可是，不知怎么回事，她就拉下脸来，很不高兴的样子。

我可没说什么过激的话，只是说我最羡慕她的地方，就是她有在很多城市生活过的经历。难道这也有错吗？真不知道她为什么就不高兴了，在这之前，她脸上的笑容还很灿烂呢。真是善变的女孩。

另外，在郝彩儿家，我有一个重大发现，那就是——郝彩儿对妈妈的唠叨很不耐烦，还粗暴地打断妈妈的谈话。这算不算她不完美的一面呢？算，当然算了。

（我曾经不也对妈妈发过火吗？仅仅因为妈妈说我的成绩还可以，我就对着还在打电话的她大喊大叫。怎么这会儿又……）

与郝彩儿相比，我要幸运得多，因为我妈妈从来都不唠叨，可不是每个妈妈都能做到这点的哦。

# ★ 4 突然接到郝彩儿电话

星期天，小樱桃两只胳膊放在桌子上，托着下巴，守候在收音机前，像是正等待着什么。临近期末考试了，她不抓紧时间复习，怎么倒饶有兴趣地听起收音机来了？平时她可是连碰都不碰的。

原来是这么回事，小樱桃的妈妈被邀请到某所学校担任嘉宾，帮助学生们解决心理问题。电台会对这一过程全程播报，而且还开通了场外热线，场外的听众可以随时向她提问题。

为了表示对妈妈的支持，小樱桃提前守候在收音机面前。不仅如此，她还请来自己最好的两位朋友黄蓉和思悦助阵。

说话间，黄蓉和思悦已经来到了。看小樱桃一动不动地守在收音机面前，她们俩还以为马上就开始了呢，也规规矩矩地坐在收音机面前。可是，5分钟之后，里面传出来的仍然是各种各样的广告。

"什么时候开始？小樱桃。"黄蓉是那种急性子的人，语气中已经透露些不耐烦。

小樱桃抬头看了一眼墙上的钟表，"快了，还有半个小时吧。"说完，她的目光又落回到收音机上。

"啊？这么久，还有半个小时呢。"黄蓉嘴巴张得大大的，足够塞得下一个馒头，"我们做点什么打发这段无聊的时间吧。"

万一错过了时间怎么办？此时此刻，小樱桃全部心思都在收音机上，对任何事情都没有兴趣。她对黄蓉的提议充耳不闻，托着下巴出神地望着收音机，似乎待会那儿会出现奇迹。黄蓉也只好作罢，她和思悦也像小樱桃那样，托着下巴，望着收音机。

各种广告播报的声音从收音机里传出来，充满了整个房间。时间在一分一秒地流逝。终于，半小时过去了，收音机里响起了整点播报的声音，妈妈的节目即将开始。

"叮铃铃。"电话铃声大作。

会是谁呢？偏偏这个时候打来电话，太不合时宜了。小樱桃皱着眉头，很不情愿地接电话。

"喂……为什么……当然可以了……我马上就过去。"接电话时间不过短短一分钟，小樱桃表情却发生了多种变化，从最开始的不情愿，到惊讶、震惊，再到着急、焦虑。

"怎么回事？"黄蓉和思悦看着小樱桃六神无主的样子，小心地询问。

"我们去郝彩儿家一趟吧，就是现在。"小樱桃穿

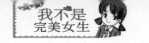

上鞋子，匆匆跑出了家门，完全忘记了收音机正在播放妈妈的节目。

原来刚才那个电话是郝彩儿打来的。她在电话里说："我要走了，离开这所城市。"至于原因，郝彩儿没有讲，只是说："在我离开这所城市之前，可以见见你吗，小樱桃？我现在就在家里。"

郝彩儿的语气里透露出无限的伤感，这让小樱桃怎能不着急呢？为什么突然就要离开呢？昨天还好好的呢。是呀！昨天，小樱桃还和郝彩儿在她家复习功课呢，她对此只字未提呀！怎么今天就……

小樱桃等三人匆匆赶到时，郝彩儿正在楼下等候呢。这天，天气特别晴朗，蓝天，白云，她一袭白裙，站在树阴下。远远看去，就像是一幅油画作品。

看到小樱桃她们，郝彩儿迎过来，脸上带着微笑。"谢谢你们能来。"她送给她们每人一个大大的拥抱。

怎么是这样的呢？这与小樱桃想象中完全不一样。电话中，郝彩儿语气那么难过，那么悲伤，小樱桃以为这会儿她会抱头痛哭呢，眼泪在脸上肆意流淌。然而，这些并没有发生。郝彩儿一脸平静，还挂着微笑，是那种很客气很见外的笑容。

一种失落之情油然而生。小樱桃火急火燎地赶来，本以为可以安慰到郝彩儿。现在看来，郝彩儿并不需要她的安慰。倒是小樱桃，因为事实与自己想象得有些出入，心情不是很愉快。

"郝彩儿，你为什么突然离开呢？"黄蓉是那种大大咧咧的女孩，迫不及待地提出自己的疑问。

"上楼再说吧！"

在郝彩儿的引领下，她们走进了家门。与小樱桃昨天见到的略有不同，一些物品已经打包了，客厅更显得空荡荡，角落里堆放着两个大大的行李箱。

郝彩儿招呼大家坐下，然后，忙里忙外地为大家洗水果，拿零食。

看着郝彩儿忙碌的身影，小樱桃真想喊她停下来。要知道，她们来此的目的可不是为了吃喝玩乐的，而是……是来做什么的？小樱桃也说不清楚。

"我们可以做朋友吗？"不知为什么，小樱桃想到了那天郝彩儿对自己说的这句话。一直以来，小樱桃都觉得郝彩儿这个朋友和其他朋友不一样。然而，接到她的电话，听说她要离开这所城市了，小樱桃一样特别揪心。看来，她确实把郝彩儿当成朋友了。郝彩儿呢？她把小樱桃当成朋友了吗？

"郝彩儿，你为什么突然离开呢？"当郝彩儿第三次往返厨房和客厅之间，端着一盘樱桃放在茶几上时，黄蓉叫住了她，再次询问这个问题。

"因为我父母要去别的城市工作。"郝彩儿轻描淡写地说。随后，她又重重地叹一口气，"哎！"透露出

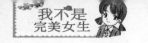

内心的无可奈何。

接下来，郝彩儿就什么都不肯说了。其实，又有什么可说的呢？原因简单至极，因为郝彩儿的父母为了工作要离开这个城市，所以她也要离开。况且，有些事情，即便说出来又能怎样呢？小樱桃能帮助郝彩儿改变吗？不会的。

房间里安静极了，仿佛空气都冻结了，甚至可以听到时间滴滴答答流逝的声音。小樱桃抬头看了郝彩儿一眼，又迅速地低下头。她总觉得郝彩儿有些话还没有说出来。不然，电话里她的声音怎么会那么难过呢？要是妈妈在就好了，小樱桃心想，妈妈身上似乎有一种神奇的力量，让人什么话都愿意对她讲出来……

妈妈？对，妈妈的节目不知结束了没。小樱桃忙问郝彩儿，"你家有收音机吗？"

现在很多人都不听收音机了，所以，在听小樱桃提到收音机时，郝彩儿特别吃惊，还重复了一遍，"收音机？"

"对。"小樱桃坚定地点点头。

"小樱桃的妈妈，也就是大家经常提起的'知心阿姨'，正在一所学校里担任嘉宾，为学生们解决所遇到的问题，电台全程播报。在来这之前，我们就一直等候在收音机面前等待着收听。"思悦和黄蓉你一言我一语地解释说。

"真的吗？太羡慕你了，小樱桃……收音机？哦，还是有的，只不过小了点。"郝彩儿说。

那个收音机确实很小，很迷你。这又有什么关系呢？小樱桃找到那个频道。幸好节目还没结束，妈妈熟悉的声音从里面传来。"……每个人都需要朋友，他们就像生活中的调色板，将我们的生活变得五彩缤纷。希望我们这位场外的同学能够和身边的同学迅速成为朋友……"

节目过程中，一个声音多次跳出来，说收音机前的听众可以拨打场外热线电话，还不厌其烦地重复那一长串号码。

突然，郝彩儿抓起电话，按照播报的电话号码打了过去。

"你好。"居然接通了场内热线。

"你好。"郝彩儿的声音有些胆怯，右手紧紧抓住电话听筒。

"方便透露你的姓名吗？"

"……"郝彩儿把电话听筒抓得更紧了。

"那可以讲一讲你遇到什么问题了吗？"

"……"郝彩儿仍然一言不发。

为什么不说话呢？小樱桃、黄蓉和思悦纳闷地看着郝彩儿。

电话那头也沉默了，整个现场都没有一丁点儿声

音。这种诡秘的安静，让人有种窒息的感觉，每一秒都那么漫长。终于，郝彩儿忍不住开口说道："我……我就要离开这个城市了。虽然，我来这儿的时间不长，才两个月，但我特别舍不得。我……如果我离开了，大家就会忘记我。因为总是搬家，总是被忘记，所以，我连一个朋友都没有……一个都没有……我想有一个朋友……"

说到这儿，郝彩儿已经泣不成声了。

看到郝彩儿哭得这么伤心，小樱桃她们都惊呆了。这是那个完美得无可挑剔的女孩吗？她得到了上天如此厚爱，为什么还不懂得满足呢？答案很简单，她需要的不是完美，而是朋友。看似简单，却可望不可求。

电话那头沉默仍在继续，似乎在静静地聆听郝彩儿的哭泣。郝彩儿哭得太投入了，电话不小心挂掉了都没察觉到。她头埋在膝盖间，肩膀一抖一抖的。

怎么才能让郝彩儿不这么难过呢？小樱桃把目光落到电话上。突然，她抓起电话听筒，按了重播键。

"你好。"

电话那头传来熟悉的声音，是妈妈，节目还没结束，一切都还来得及。小樱桃按捺住怦怦跳的心脏，大声说："我的一位朋友就要离开这所城市了。虽然，我们认识的时间不长，才两个月，但我特别舍不得。我想对她说，'虽然你走了，但我们仍然是朋友，

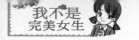
永——远。'"

"谢谢你的分享，祝福你，也祝福你的那位朋友。"

小樱桃心满意足地挂掉电话，郝彩儿已经不哭了，怔怔地看着她。"真的吗？你刚才说的。"

"当然了。我有必要打电话，对我妈妈撒谎吗？"小樱桃调皮地说。

郝彩儿咧开嘴笑了，脸上还有眼泪呢。

虽然，郝彩儿这一哭，她在小樱桃心目中完美的形象大打折扣。不过，小樱桃觉得，与那个完美的郝彩儿相比，她更喜欢这个不是那么完美的郝彩儿。

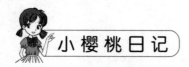

看着郝彩儿哭得那么伤心，我心里特别难过，很不是滋味。看来，与完美相比，她更需要朋友。我也突然明白，原来郝彩儿一直把我当成朋友的。不然，她怎么会想到要给我打电话呢？

仿佛就在一瞬间，之前对郝彩儿的嫉妒，统统消失不见了。我甚至有些怜悯这个女孩了。郝彩儿并不需要任何人的怜悯，这一点儿我很清楚。但我还是忍不住想：在别人眼里，她像女神一样完美，让人嫉妒。其实，只有她自己知道，自己并不完美，而且完美也并不是生活的必需品。

接下来，郝彩儿说了很多很多，我觉得我们之间的距离一下子拉近了。

她说："我关于小时候的记忆最多的就是搬家。5 岁那年，我们全家刚搬到一个新城市，对一切都还不熟悉。就是因为不认识，小朋友们都不和我玩，我还因此哭了呢。那时候，我感觉特别孤单。"

她说："因为总是这么搬来搬去的，我经常大哭大闹，嚷嚷着不搬家。每次，妈妈都说这是最后一次搬家了。可是……其实，我知道，妈妈也很无奈。"

她还说："这次搬家太突然了，妈妈昨天晚上才告诉我的。当时，我还以为妈妈和我开玩笑呢。我真的不想再搬家了，我……可是，又有什么办法呢？我好羡慕你们呀。羡慕你们有要好的好朋友，不必经常搬来搬去的。"

我明白了，明白昨天郝彩儿为什么不高兴了。我说"最羡慕你的地方，就是你在很多城市生活过。"其实，郝彩儿也是"迫不得已"，随着父母在多个城市辗转。与之相比，她更希望在一个城市长久地呆下去，所以，我那么说，她会生气。如果换作是我，我也会生气的。

最后，郝彩儿还问我："我们真的仍然是朋友吗？"

"当然。"为了让她放心，我坚定地点点头。

"那我可以给你写信吗？"

"再好不过了。因为我还从没有收到过书信呢。"

这真的是我的真心话，我愿意和郝彩儿做朋友，并希望收到她的信。

第五章

# 她真的离开了

## ⭐1 来不及说再见

　　星期一，郝彩儿没来上学。她再次转学的消息不胫而走，就像当初她来的时候那样，在整个乐多多小学引起轰动。

　　有些同学不相信郝彩儿转学了，怎么可能这么突然呢？他们围在四（2）班教室门口，探着身子，伸长脖子向里面张望，看看是否能够找到那个美丽的身影。结果，毫无例外，一个个失望而归。事实就是事实，怎么可能因为有人觉得突兀，不可思议，而有任何改变呢？

　　最可笑的是胡小闹，他每节课课间都要探头朝四（2）班教室张望。有同学用特别肯定的语气告诉他，"郝彩儿已经转学了。"可他仍旧不相信，还信誓旦旦地说："说不定，郝彩儿就奇迹般地回来了呢，就像她突然决定转学那样。"

让我说他什么好呢？天真？姑且就让胡小闹保持这份天真吧，终有一天他会清醒的。

然而，这一天来得太快了。在郝彩儿转学后的第二天，四（2）班多余出来的那套桌椅就被搬走了。奇迹终究没有发生，这下胡小闹彻底死心了，只是有些想不明白，"她怎么突然就转学了呢？怎么都没向我告别一下呢？我可是一直把她当作好朋友呢。"

假设，有一种方法，可以让郝彩儿听到胡小闹的这番话，让她知道胡小闹一直把她当作好朋友，她会不会很感动呢？答案不得而知。不过，胡小闹整天在耳边这么嘟囔，让小樱桃烦不胜烦。

大家都不愿意郝彩儿离开乐多多小学，就连郝彩儿本人，也不愿意离开。然而，这是不愿意就能解决的事情吗？起初，包括现在，很多同学都羡慕郝彩儿小小年纪，却有在多个城市生活的经历。可是，谁又曾想到过，离开每一个城市，离开刚刚熟悉的环境和同学时，郝彩儿的感受呢？

小樱桃希望，甚至愿意为此祈祷，郝彩儿能够在即将到达的这个城市安定下来，能够转学到一个还不错的学校，还不错的班级，能够和同学打成一片，能够有一个可以交心的朋友……

郝彩儿离开得太突然了，让大家始料未及，甚至

来不及说再见。很多同学因此心情低落，包括那些曾经嫉妒她的同学。

其实，最难过的应该是小樱桃。为什么这么说呢？相信你一定记得，小樱桃曾经和郝彩儿约定过要比试期末考试成绩的——看看谁会是年级第一名。马上就要期末考试了，郝彩儿却突然走了，就那么走了。事实上，说她"临阵脱逃"，也不为过。

接下来，小樱桃该怎么办呢？谁来和她比试？她又和谁一较高下？

不知为什么，小樱桃突然想到了之前的田径比赛。

那次田径比赛之前，小樱桃曾特别努力地练习长跑，还向其他人请教经验呢。虽然赛前做了这么多准备工作，她却没有奢望自己能够在比赛中获得一个好的名次。冠军？就更不可能了，有好几个接连参加长跑比赛的大姐姐在，她作为一个初出茅庐的新手，怎么可能获得冠军的位置呢？那时候，小樱桃的目标很简单，只是——坚持跑完全程。

在得知郝彩儿也报名女子 1500 长跑后，小樱桃的目标发生了改变，"无论如何，我都要超过郝彩儿。"如果郝彩儿获得长跑第二名，那对不起，小樱桃会拼尽全力争取第一名的。

意外总是在不经意间跳出来，吓大家一跳。刚刚跑了半圈，郝彩儿就跌倒了，并退出了比赛！因为这件突发意外，小樱桃超乎想象地完成了预先设定的目标。接下来，该怎么办呢？最大的竞争对手退出比赛，她是继续，还是……

一时间，小樱桃斗志全无。"加油，小樱桃。"听到班级同学声嘶力竭的加油声，小樱桃才如梦初醒。如果因为郝彩儿提前退赛，小樱桃就失去斗志的话，那就太对不起自己了，她是那么努力地练习呀！于是，她奋起直追。没想到，竟出乎意料地获得了冠军。

想想看，如果因为最大的竞争对手郝彩儿退出了比赛，小樱桃消极对待比赛，那么，她就不会在赛场上洒下汗水，更不可能获得冠军。所以说，每个人最大的竞争对手不是别人，而是自己。

这个道理，不知道郝彩儿清楚吗？

小樱桃日记

课间，班上的女生凑在一起聊天。不知怎么回事，聊着聊着，话题就转移到已经转学的郝彩儿身上。大家各抒己见，发表对她的看法。

"其实，郝彩儿这个人挺好的。"

"是呀! 记得有一次, 我在食堂吃完饭后就直接走了, 书包忘在桌子上。是郝彩儿追上来, 把书包交给了我。"

"听四 (2) 班的同学说, 郝彩儿为人很和善, 还很有耐心。所以, 很多同学都愿意向她请教问题。"

……

在这些人当中, 不乏曾因嫉妒而诋毁郝彩儿的人, 而现在, 无一例外, 都夸奖郝彩儿。大家态度转变得这么快, 这么突然, 为什么呢?

后来, 花朵悄悄告诉我说: "以前, 我特别嫉妒郝彩儿, 嫉妒她的完美, 一见到她就气鼓鼓的。现在想想, 真是可笑, 我和郝彩儿基本上都没说过几句话, 我为什么要嫉妒她呢? 为什么要让自己生气呢? 这根本就不值得。其实, 我现在还有点想念她呢。"

看着花朵一本正经的模样, 我知道这些都是她的真心话, 并非开玩笑。

其他人呢? 是不是同样如此?

只因为郝彩儿太完美了, 我不是也曾嫉妒过她吗?

#  2  收到郝彩儿的来信

在忙碌的复习中，大家渐渐忘记了郝彩儿，那个完美到无可挑剔的女孩，那个让人心生嫉妒的女孩，那个来去都在乐多多小学引起轰动的女孩……

几天之后，期末考试如期举行，并顺利结束。那是个下午，最后一个科目的考试刚刚结束，所有的学生都聚集在教室里。很快，他们就可以迎来两个月的暑假。为了庆祝这一解放性的时刻，同学们兴奋地大喊大叫。

就是在这样一个嘈杂而又充满快乐的氛围里，小樱桃收到了人生中的第一封信，寄信人是郝彩儿。

接到信的那一刻，小樱桃的心激动得怦怦直跳，郝彩儿的容貌随即出现在她的脑海里。曾经，她是那么地嫉妒郝彩儿，还因为语文测试郝彩儿获得了全年级第一名的位置，而对妈妈大吼大叫。如今，这一切都过去了。是呀，都过去了，郝彩儿离开了乐多多小学，离开了这个城市。

小樱桃摇摇头，笑了。这些天，都忙碌着准备期末考试了，几乎快要忘记郝彩儿这个名字了。如果不

是这封信，她甚至有些怀疑，那个女孩，真的给自己的生活造成过轩然大波吗？她，真的出现过吗？那么，她现在在哪个城市？找到新的学校了没？也和大家一样在庆祝期末考试结束吗？……

在郝彩儿离开的时候，怎么也没记得问问她去哪个城市呢？真是的！小樱桃狠狠拍了自己脑袋一下。

教室里吵闹得很，说它像菜市场，一点儿都不夸张。小樱桃悄无声息地走出教室。她想找个安静的地方，静下心来，细细品读郝彩儿的来信。

学校的小树林不错。那里很少有学生踏足，而且，初夏季节，每棵树都郁郁葱葱的，形成了一大片绿荫地。小樱桃挑了一块干净的地方，坐下去，背靠着一颗粗壮的大树，拆开了信封，一行行隽秀的字体映入眼帘。

小樱桃：

你好！

收到这封信的时候，也许你正在准备期末考试，也许期末考试已经结束。我更希望你是在考试之前收到我这封信的。

原因嘛，不知你是否记得，我们俩约定要比试期末考试成绩，看看谁会是年级第一名。只是可惜，我现在已身处异地。所以，我希望你在考试之前收到这封信，那样你就会记得我这个竞争对手，就会全力以赴，更加认真，仔细。

我擅作主张，把我们俩定义为"竞争对手"的关系，相信你不会介意吧！

"怎么会呢？"小樱桃自言自语道。郝彩儿把小樱桃当作竞争对手，小樱桃又何尝不是呢？她也一直把郝彩儿当作竞争对手的。可能是因为这种"心有灵犀"吧！小樱桃心情有点点激动。

不过，有一点儿需要说明，即便郝彩儿这个竞争对手突然退场了，小樱桃也会继续努力的。因为通过之前的田径比赛，她明白了一个道理：每个人最大的竞争对手不是别人，而是自己。

小樱桃低下头，又继续阅读信纸上的内容。

实不相瞒，小樱桃，我特别羡慕你，真的。记得，我才刚刚到乐多多小学，就听同班的学生介绍说，同年级有个叫小樱桃的学生，学习超棒，每次考试都是年级第一名。我想，如果可以被同学们这么介绍，是多么值得自豪的一件事呀！那个时候，我就萌发了要和小樱桃比一比的想法。

我也羡慕你有两个特别要好的好朋友，黄蓉和思悦。我也想像小樱桃那样，有特别要好的好朋友，哪怕只有一个呢。我和她早晨一起上学，下午放学一道回家；课间，我们一起上厕所，一起玩耍；如果有哪个男生胆敢欺负我们中的一个，另一个一定

会站出来教训那个男生的；我们亲密无间，无话不谈……有这样一个朋友，想想都那么美好！

此外，我还羡慕小樱桃有个善解人意的妈妈。知道吗？当听说你的妈妈就是"知心阿姨"时，我是多么的震惊！"知心阿姨"主要负责解决学生的困惑，解决亲子之间的问题。所以，我想，你妈妈生活中肯定是个好妈妈，不唠叨，尊重你的意见，等等。

当然了，并不是说我妈妈不好，她很好，每天工作挺辛苦的，还不忘照顾我。只是，只是，如果她不那么唠叨，如果她工作不要经常变迁，要是还能多抽出点时间陪陪我，就再好不过了。

哎！有些事情，其实，她也是无能为力的。

"有些事情，妈妈也是无能为力的。"这句话怎么这么熟悉呢，似乎以前就听到过？哦，小樱桃想起来了。"感悟母爱，感恩母亲"主题会上，郝彩儿就说过这句话。当时，说到一半时，郝彩儿还哽咽了呢。那时候，小樱桃对郝彩儿嫉妒得不得了，就以为她是故意的呢，为的是赢得大家的同情。现在看来，那是真情流露。

自己怎么会有那么邪恶的想法呢？小樱桃突然厌恶起自己来。看来，嫉妒真的会蒙蔽一个人的眼睛，让她看不清事实的真相。

不过，妈妈答应我，以后不再搬家了，要在这个城市永远待下去。虽然以前妈妈也做出过类似的承诺，但不同的是，妈妈这次是看着我的眼睛说的。以前，她总是避开我的眼睛，所以，我有理由相信这次是真的，我们真的要在这个城市永远待下去。

虽然，我对这个城市还不了解，但我仍然愿意这样。对了，我已经开始上学了，结识了很多新同学。我想，我会与他们成为朋友的。

小樱桃　笑启

郝彩儿

×月×日

一只大鸟鸣叫着从天空中飞过，小樱桃昂着头望着那只大鸟的身影。湛蓝湛蓝的天空下，大鸟自由展翅飞翔，是不是也在寻找一个家呢？

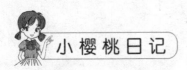

郝彩儿竟然羡慕我？！在整个乐多多小学的学生眼中，她就像女神一样完美，好多女生因此而嫉妒她呢，而她却羡慕我！如果知道我有一段时间是那么地嫉妒她后，她还会羡慕我吗？

当然了，郝彩儿羡慕我是有原因的，还不止一条呢。羡慕别人介绍我时，说"每次考试都是年级第一名"，羡慕我有两个很要好的好朋友，羡慕我的妈妈是"知心阿姨"。

可笑的是，我竟然没有把这些当回事。就拿妈妈就是知心阿姨来说吧，我总觉得妈妈就是妈妈，知心阿姨就是知心阿姨，如果两者合二为一的话，并不是什么好事。而且，与其他同学相比，我还少了一个大朋友——知心阿姨。为此，我曾抱怨过妈妈，"妈妈可真是的，在选择这份职业的时候，有没有为我考虑过呢。"可是，我却忘记了，在我因为嫉妒郝彩儿而痛苦不堪的时候，是妈妈的开导让我走出困境的。

是不是我们都只会羡慕别人，而在羡慕别人的同时，忘记了自己存在的一些优势？

那好吧，我小·樱桃就做第一个吃螃蟹的人吧。

我羡慕我！

我羡慕小·樱桃！

# ⭐ 3 小樱桃的回信

　　终于，小樱桃提起笔，开始给郝彩儿写回信了。

郝彩儿：

　　你好！

　　首先，谢谢你的来信。这还是我有生以来第一次收到信呢，心情特别激动。现在大家都聊QQ，谁还会写信呢？不过，我可以很确定地告诉你，我更喜欢写信这种方式。因为一封信突然被送到眼前，就像一个惊喜突然从天而降。

　　我妈妈说，以前通讯方式不是特别发达，大家都是靠书信交往的。她曾经和一位不认识的女孩经常通信，逐渐发展成了"笔友"，类似现在的"网友"。光听妈妈这么说，我就觉得很羡慕，要是我也有一个"笔友"该多好呀！

　　其次，请你原谅我，因为未经你的许可，我便擅自把你的信公开了。其实，我是觉得每个同学都多少会有些惦记你的，毕竟大家曾经共同度过了一段难忘的时光。

　　知道吗？读完你的信，很多同学都说："哎呀！

这是我们认识的那个郝彩儿吗？怎么感觉不一样呢？"大家有这种感觉也不足为怪，因为你在大家眼里，像女神一样完美，无可挑剔，而这封信不像出自女神之手，因为它太普通了，普通到每个女孩都会有过类似的心思。

　　最好笑的要数胡小闹。胡小闹，还认识吗？就是你初来乍到，来乐多多小学的第一天，就把臭鞋扔到你面前的那个男生。他拿着你的信，兴奋地围绕着教室跑圈，一边跑一边大声说："郝彩儿还记得我，不然怎么会写信呢？"

　　我真怀疑，他脑子是不是出现问题了?! 那封信的收件人明明写的是我小樱桃的名字，他怎么还可以明目张胆地误认为那封信是写给他的呢？

　　我突然想起一件事，与你有关，恐怕你自己并不知道。那好吧，我就特别爆料一下。有一次，我们班上的男生打赌——看谁能与你郝彩儿交谈的时间更长。胡小闹压轴，最后一个出场。谁知，他刚走到你面前，预备铃就恰逢其时地响了。胡小闹输了，还因此葬送了整整一个月的零花钱。可是，他还特别高兴，"郝彩儿居然记得我的名字！"

　　当时，我特别羡慕你，心想：如果有一天，有人打赌说——我们比比看，谁能够和小樱桃交谈时间最长——该多好呀！

是不是觉得我特别爱慕虚荣呀？好吧，我承认，确实有那么一点点。其实，我是想通过这件事告诉你：大家都愿意和你交谈，都愿意和你成为朋友的。

第三，我很不幸地告诉你，收到你这信封的时候，期末考试已经结束了。虽然你这个竞争对手中途撤退，但我仍然认真对待这次考试。

最后，我要转述我妈妈的几句话。我已经向她坦白了，那天是我们在"捣乱"。得知此事后，妈妈并没生气。

当时，你哭得很凶，妈妈是想等你情绪稍稍平静后再开口讲话的。然而，电话被不小心挂掉了。她想说："如果无法改变，那就尝试着接受。因为经常搬迁的缘故，你没有特别长久的朋友，但是你可以认识各个城市不同的朋友呀！尝试着和每一个人成为朋友，同时，不要忘记老朋友。你可以通过各种方式，和以前的那些朋友继续联系。"

希望你快点融入新的环境，交到不错的朋友，但也请别忘记我这个老朋友哦。

小樱桃

×月×日

# 小·樱桃日记

"小·樱桃，告诉我一下郝彩儿的地址，好吗?"胡小·闹凑在我耳边小·声说。

嗯，怎么胡小·闹突然变得这么客气，这么有礼貌了呢? 以前，即便是向我请教问题，他都是命令的口吻呢。今天这是……? 我满脸狐疑地打量着胡小·闹，想找出问题的根源。

胡小·闹双手作揖，似乎请求我不要声张。既然如此，我…… "我为什么要告诉你郝彩儿的地址，难道你要给她写信吗?"我大声质问胡小·闹。

这句话果然收到了效果，班上的同学都围拢过来。长安——胡小·闹的死党，唯恐天下不乱，凑过来大声说: "我看是情书吧。哈哈!"

其他同学也比赛似的大笑。

胡小·闹面红耳赤。一直以来，他都对郝彩儿关爱有加，那次"感悟母爱，感恩母亲"主题会上，胡小·闹提议让旁听的郝彩儿发言，就是最好的证明。所以，大家有这样的误会也不足为怪。

　　就在大家笑得最疯狂的时候，胡小闹"咣"地使劲拍了一下桌子。笑声戛然而止，大家目瞪口呆地看着胡小闹。只见，胡小闹不慌不忙地从书桌的抽屉里掏出一张折叠得整齐的纸，那应该就是他写给郝彩儿的"情书"吧！为了以示清白，他把折叠的"情书"打开。上面写着简短的一行字：

　　"谢谢你那次帮我把鞋子捡起来，一直没有机会当面向你道谢，谢谢你。"

　　原来如此呀！

# ⭐4 我不是完美女生

穿衣镜里面出现了一个女孩的模样。她十岁左右的样子，眼睛足够大，但是单眼皮；鼻梁有点塌；嘴巴挺小的，称得上是樱桃小嘴，但下巴不够尖……

这就是小樱桃啦！

她对着镜子上上下下打量自己。怎么就不能长得漂亮点呢？为了有所改变，小樱桃又是捏鼻子，又是拍脸颊……

折腾了好久，除了鼻子、脸蛋红了之外，没有任何改变。"哎！"小樱桃重重叹了一口气。

好吧，就姑且这样吧！小樱桃放弃了继续追究五官的责任。但并没有因此作罢，而是把注意力转移到身高上。"为什么我长得不够高呢？"是呀！与黄蓉相比，小樱桃足足矮了半个头。她努力踮起脚尖，镜子中的女孩一下高了不少。可是，又能坚持多久呢？

还不到 5 分钟呢，小樱桃就感觉前脚掌麻麻的，身体开始左右摇摆，终于，她放弃了。

"哎！哎！"连续两声叹气后，小樱桃四仰八叉地

倒在地上。

这时，妈妈正好从外面进来。看到女儿这副样子，她忍不住好奇地问："小樱桃，你这是怎么了?"

小樱桃答非所问，自言自语道："要是我是双眼皮，要是我鼻子高高的，要是我下巴尖尖的，要是我个子再高些……"

"扑哧!"妈妈笑出声来。

就像触电了一般，小樱桃迅速坐起来，怔怔地看着妈妈，"妈妈，难道你不希望你的女儿变得漂亮些吗?"

"在我看来，我的女儿已经足够漂亮了。"

小樱桃不高兴地噘起嘴，心想：妈妈肯定是为了安慰我才这么说的。

妈妈似乎看穿了小樱桃的心思，她把小樱桃的头掰向自己，然后，一本正经地说："是呀，你的个子不够高，下巴不够尖，鼻梁有些塌，但这就是我的女儿小樱桃呀!你可能不是最漂亮的女孩，但你却是妈妈心中最棒的女孩，因为我了解你生活中的点点滴滴，你学习主动，不用大人操心；你孝敬父母，主动帮我们做力所能及的家务……"

妈妈罗列了一连串小樱桃的优点，可是，小樱桃还是有些不相信。于是，妈妈继续说道："如果不能

改变，那就尝试着接受。有些事情明明是不能改变的，如果还因此而苦恼，那不就是自寻烦恼吗？如果那样的话，双眼就会被蒙蔽，看不到自己身上的优点，甚至会对自己失去信心。"

小樱桃眼睛望着远方，略有所悟地点点头。是呀！每个人都有这样那样的不足，如果我们的目光总是落到那些不足上，就会失去前进的动力。

后来，四（3）班围绕"完美"组织了一次演讲，题目没做任何限制，只要同学们畅谈自己的感想。就像事先商量好了似的，很多女生的演讲的题目都是"我希望我是个完美的女生"。然而，小樱桃却别具匠心，演讲的题目是"我不是完美女生"。

在演讲过程中，小樱桃这样说道：

什么是"完美"呢？

新华字典里的解释是：完备美好；没有缺陷。不知大家注意到没有，在词义的后面还有这样一句话：现实中并不存在完美，它是人们渴望得到并追求的一种理念和动力，是存在于理想中的。

世界上并不存在任何完美的事物。我们不应该总是期待着完美，而对自己过于挑剔。

站在一面穿衣镜前，观察自己的面孔和全身。你可能喜欢某些部位，而不喜欢某些部位。有些地方可能不怎么耐看，使你感到不安，甚至牢骚满腹。"我为什么会这么胖呢？""我的个子太矮了。"……

如果你看着自己不喜欢的地方，请你不要逃避，不要自卑，不要否认自己的容貌。这时候你就需要面对你不喜欢的地方，用自己的标准来看待自己，并试着对自己说："无论我有什么缺陷，我都无条件接受，并尽可能喜欢我自己的模样。"

接受事实，承认镜子里的面孔和身体就是自己的模样。接受自己，承认事实，你会觉得轻松一点儿，感到真实和舒服。时间长了，你就会体会到自我接受与自信之间的密切关系。

要拥有更轻松的生活，就必须学会不追求完美，因为我们的确不是完美无缺的。我们越是极早地接受这一事实，就越能极早地拥有轻松的心态。

小樱桃的演讲结束后，教室里掌声如雷，经久不衰。

看着大家的激动模样，小樱桃心想：其实，大家都认为自己是不完美的，所以才会这么卖力地为我鼓掌吧。

# 小·樱桃日记

　　当看到电视上某个漂亮的女明星时，我常常想，要是我长得像她一样那该多好呀！当听说某神童9岁完成大学学业时，我又忍不住浮想联翩，如果能像她一样聪明也不错。不仅如此，我还幻想自己是有超能力，而又古灵精怪的小·仙女。如果是个小·公主，受尽众人的疼爱也蛮不错的。

　　可是，现实生活中，我普普通通，既不是公主，也没有魔法。

　　是的，我不够漂亮，不够聪明，不够招人喜欢……距离完美相差甚远，但这就是我呀！这就是小·樱桃，真实而平凡。

　　妈妈说，这个不完美的小·樱桃才是她的女儿。我也接受这个不完美的自己。只有不完美，我们才会努力让自己变得完美呀！如果人人都那么完美了，那还有什么完美可言呢。

　　希望完美不再是桎梏女生的枷锁。

　　让完美去见鬼吧！

# 写给家长的一封信

## 帮女孩走出嫉妒的围墙

在女孩中，嫉妒是十分常见的现象。有些女孩会因老师表扬同桌而嗤之以鼻；有些女孩会因某人成绩名列前茅而闷闷不乐……

嫉妒容易使人产生自卑的心理，甚至引发一些心理问题。所以，若是家长们发现自己的孩子嫉妒心特别强烈，就要好好地引导一下，帮助她走出嫉妒心理的阴霾。

具体来说，家长可以通过以下几种途径改变女孩的嫉妒心理。

### 1. 不要轻易说孩子有嫉妒心

对于小学生来说，嫉妒心在某种程度上也是一种上进心。因此，当发现自己的孩子有嫉妒的苗头时，家长千万不可以轻易地给孩子戴上"嫉妒心强"的帽子。

羡慕同伴的好玩具、争当学习第一、致力游戏中获

胜等这些都是他们正常的心理需求，也是孩子进步的必要条件。如果家长把这些都当成嫉妒的表现，那么孩子的正常发展又该依靠什么呢？

### 2. 给孩子一个宣泄的空间

人人都有虚荣心的，只不过，成人能够用理性来控制虚荣，而孩子却做不到。所以，家长要给孩子一个宣泄的空间。

例如：当孩子羡慕别人拥有高级昂贵的玩具时，如果自家经济条件不允许，那么你就要适当允许孩子撒撒娇。明明那个玩具好玩，家长偏要说不好，孩子肯定不能接受。这时允许孩子"嘟囔"几句又有何妨？当孩子把内心的不愉快表露出来时，他们也就心平气和了，且多数情况下也能理解父母了。

### 3. 不要拿孩子与其他孩子对比

一位家长向我讲述过这样一件事情："有一次，在与邻居聊天的时候，我无意中说到，邻居家女孩的卷头发很可爱，可惜自己女儿的头发却是直的。没想到，第二天女儿就要求我带她去理发店把头发烫成卷发。"

也许你可能注意不到，在谈论其他孩子时一句无心的"婷婷越来越可爱了"，或者只是一个微笑、一个耸肩的动作，甚至抬一抬眉毛都可能被孩子解读为"比较"。尤其是当你的孩子在某一方面做得不好的时候，他们更容易对那些有能力做好的孩子感到嫉妒。

因此，为了避免孩子产生嫉妒心理，家长最好不要拿孩子与其他孩子对比。

### 4. 帮助孩子发现自己的长处

缺乏自信心的孩子总喜欢强调自己的弱点，而且那种低人一等的感觉更容易刺激他们的嫉妒心理。因此，父母必须帮助孩子建立自信，让他知道自己也有优点，也有为自己而骄傲的资本。

假如孩子在画画方面有天赋，家长就应该多多鼓励。每当孩子自己解决了一个问题或者取得了一点儿进步，哪怕只是一道算术题，也应该让他知道爸爸妈妈注意到了，并且为他而骄傲。

一些专家认为，当孩子为自己感到骄傲的时候，他们就更容易克服自己的嫉妒心理。

### 5. 鼓励孩子去竞争

人人都会有一种渴望成功的愿望，有一种超过别人的冲动。这种心理如果运用得好，就可以成为鼓励孩子前进的驱动力。因此，家长应该教孩子学会积极的暗示，"你比我强，我要比你更强，我一定要通过努力在竞争中去战胜你！"

当孩子拥有一种正确的竞争意识时，不健康的嫉妒心理也就从此远离他了。

# 乐多多姐姐接受小记者的采访

😀 多多姐，我们可喜欢看你的作品了，你是怎样走上写作道路的呢？

🙂 呵呵，这是因为我从小就比较喜欢读书写作，梦想当作家。

😀 为什么选择了儿童文学呢？

😊 儿童文学是快乐的文学，可以激发孩子的想象力，在潜移默化中对孩子进行情商教育，鼓励他们勇敢面对困难，用智慧面对一切。

😀 据说多多姐和小读者的关系特别好？

😋 是啊，和大家在一起特别快乐，为大家写作也是一件非常快乐的事情。在写作的时候，就像回到自己的童年，心情特别放松、特别开心。

😀 多多姐是怎么了解我们内心的呢？为什么你的作品可以这么贴近我们的生活呢？

🙂 这其实是我的一个小秘密！
在很多学校，我有很多"好朋友"——他们喜欢对我讲述心事：开心时、兴奋时，他们会对我说；伤心时、有烦恼时，他们同样喜欢向我倾诉……
当然，在一些学校，我也有很多"卧底"，他们喜欢跟我讲发生在他们班里的事情，自己的"破事"、同学的"囧事"、老师的"糗事"、父母的"窘事"……
所以，我写的故事其实都是来源于孩子们的生活，甚至有可能就是发生在你身上的事情哟！

😀 多多姐每天有多少时间用于写作呢？

😋 我从不强求自己每天坐在书桌前写多少个小时，更多的时候，我喜欢去孩子们聚集的地方，比如去麦当劳，要一杯咖啡，找一个靠窗的位置，打开笔记本电脑，一边看孩子们嬉戏打闹，一边想象着发生在他们身上的故事，并通过键盘把它们敲进我的电脑；再比如，我会去游乐园，但不是去玩，而是去寻找我故事中的主角。

告诉你一个小秘密，我故事中的很多主角都是从这些地方找到的！

当然，如果找到了灵感，我恨不得马上把那些好玩的故事写出来！呵呵，有时甚至会写一晚上哟！

**有的家长认为让孩子读课外书会影响孩子的学习，你怎么看呢？**

我觉得，家长要尊重孩子的阅读兴趣。书籍是人类进步的阶梯，书籍也是孩子成长、成材的重要阶梯。

另外，我本人非常认同新课标语文教材中的思想：让孩子在阅读中认识世界、拓展思维，进而提升语文及其他各方面的能力。

**在你的书里，主人公胡小闹是非常张扬、非常活泼的性格，和你在生活中的性格一样么？**

确切来说，胡小闹的性格是我特别喜欢的一种孩子的性格。也许这类孩子的成绩不是最好的，但他们却是活泼的、阳光的、健康的。我总觉得这是一种象征童年的性格。

**多多姐的作品都非常有趣，让人看了忍不住捧腹大笑，感觉特别注重小读者读书时能够获得快乐，多多姐为什么特别注重这方面呢？**

呵呵，因为我的写作宣言就是：让孩子在快乐中成长！

当然，还有一个非常现实的原因：我希望每个孩子读我的书都会有所悟，而我的每本书都在向孩子们传达一种积极的思想。例如，学会感恩父母、学会独立、学会自我保护、正确看待学习……但无论我的初衷多美好，要想让孩子真正喜欢上读书、真正有所得，就必须要考虑他们的阅读兴趣。只有非常有趣的故事，小朋友们才会有继续读下去的欲望；只有让他们欢笑的故事，他们才会记住书中的内容，进而体会其中的深意。

所以我觉得，"写快乐的文字，让孩子在我的文字中感到快乐"是我的任务，同时也是我的职责。

**很多小读者也非常喜欢文学，希望创作出属于自己的小说，你对这样的小读者有什么建议？**

多读书，多练笔，要有一双善于观察的眼睛，要有一颗愿意写作的心。如果大家在写作方面有问题，可以给我写信，我很乐意为小朋友们提供帮助！

**图书在版编目（CIP）数据**

女生日记簿.我不是完美女生 / 乐多多著.—北京：
朝华出版社, 2013.1（2016.10 重印）
ISBN 978-7-5054-3369-4

Ⅰ.①女… Ⅱ.①乐… Ⅲ.①儿童文学–长篇小说–
中国–当代 Ⅳ.①I287.45

中国版本图书馆 CIP 数据核字（2013）第 001872 号

# 女生日记簿·我不是完美女生

| | | |
|---|---|---|
| 作　　者 | 乐多多 | |
| 责任编辑 | 梁　惠　楼淑敏 | |
| 特约编辑 | 武　瑾 | |
| 责任印制 | 张文东　陆竞赢 | |
| 封面设计 | 柏拉图创意机构 | |

**出版发行**　朝华出版社
**社　　址**　北京市西城区百万庄大街 24 号　　　　**邮政编码**　100037
**订购电话**　(010)68413840　68996050
**传　　真**　(010)88415258（发行部）
**联系版权**　j-yn@163.com
**网　　址**　http://zhcb.cipg.org.cn
**印　　刷**　三河市祥达印刷包装有限公司
**经　　销**　全国新华书店
**开　　本**　880mm×1230mm　1/32　　　　　　　**字　　数**　100 千字
**印　　张**　5.375
**版　　次**　2013 年 4 月第 1 版　2016 年 10 月第 8 次印刷
**装　　别**　平
**书　　号**　ISBN 978-7-5054-3369-4
**定　　价**　20.00 元